今日からお料理はじめました

角川文庫

24311

目次

第一話　朝食すら作れない　5
第二話　隕石肉団子　37
第三話　ハイレベルＢＢＱ　77
第四話　停電リゾット　119
第五話　逆襲のパエリア　151
第六話　おせちでファイト！　187

第一話　朝食すら作れない

爽《さわ》やかな、土曜日の朝。そろそろいいかな、と鍋《なべ》のフタを開けて中を見た私は、叫んだ。

「なんじゃ、こりゃ⁉」

ぷよぷよとした白いものが、殻を破って飛び出している。

「ゆで玉子……すら、作れないの？　私って？」

フタを持ったまま、湯の中で爆発している玉子を見つめ、呆然《ぼうぜん》とそこに立ちつくした。先月、引っ越してきたばかりの１Ｋの賃貸マンションのミニキッチンで、新品の冷蔵庫だけが、ウィーンと小さく鳴っている。

「ま、食べれない、ことはない」

と、気を取り直して、ゆで玉子を皿にのせ、テーブルに持ってくると殻をむき始めた。ところが、こんなに固くゆでたのに、つるんとはいかず、白身がもれなく殻にくっついてしまう。

「もう、なんでっ」

むけばむくほど白身は殻にとられてしまい、丸いはずの玉子は彫刻刀で削り出したような哀れな姿に！　爆発したところからはぷよぷよが飛び出していて、現代アート作品みたいだ。

「形は、どうでもいい。おいしけりゃ……」

マヨネーズを山盛り絞ってのせて、さらに異様な物体となったものに、パクッとかぶりついた。が、白身の中から出てきたのは黄身ではなく、

「マズっ！」

水、だった。爆発したときに、中に入ってしまったと思われる。水っぽいゆで玉子は、私が大好きな黄身のおいしさを、台無しにしていた。こんなにマズいゆで玉子、自慢じゃないが、人生において今まで食べたことがない。水が混じった黄身にむせて、あわててコーヒーで流し込んだ。

「しかたない……」

ゆで玉子はあきらめて、先に焼いておいたトーストで口直しをしようと、バターを塗り始めた。

しかし、それはすっかり冷めていて、冷蔵庫から出したてのバターがその上で溶けるわけもなく。おまけにパンの焼きも足りなくて表面がまだやわらかかったようで、必死にバターをなすりつけていると、固いバターの塊がボソッとパンに突き刺さって、ナイフが止まった。

「トースト……おまえもか」

食べてみなくてもマズいとわかる、バターが刺さっている薄い焼き色のトーストを置いて、私は椅子の背にもたれた。

「朝食、すら作れない？　わたしって？」

いや、これはなにも考えずにやったからで、ちゃんとやれば、と自分に言うが、

「ちゃんと、って、どうやるんだろう？」

首を傾げた。同時にお腹が、ぐうーっと鳴る。こんなんじゃ、先が思いやられる。

お昼はコンビニ飯でもいいけれど、晩ごはんは、どうしよう。なんでごはんって、一日三回もあるんだろう。でも、仕事がない日ぐらいは、できたての家庭的なごはんが一度ぐらいは食べたい。

やばい。私は頭を抱えた。このままだと誘惑に負けてしまう。ダメだ……ここで帰ってしまったら、負けだ。家を出た意味がない。意味がない……ダメだ、負けだぞ……。


「……おじゃまします」

先月まで暮らしていた親しみある実家の玄関扉を開けて、私は家に入った。

「あら、渚《なぎさ》ちゃん、お帰りなさい」

私の声を聞いて、ママが笑顔でキッチンから出てきた。いつものように、出かけない日であってもトップスとボトムスを合わせた服を着て、ちゃんと薄化粧もしている。紫外線対策もバッチリだから、私が高校、大学の頃は、「お姉さん？」と聞かれることもあった。

「そろそろ来るんじゃないかなーと思って。お米、余分に研いでおいたのよ！　予想どおりだわ」

とママは炊飯器のある方を指した。対照的に、電車に乗ってきたのにスッピンで、ベッドのよこに脱ぎ捨ててあった服を着てきただけの私は、

「ちょっと、近くに来る用事があったから」

と、この期におよんで言い訳した。私を見つめるママは、不敵の笑みを湛《たた》えている。

「夕飯、なにがいい？」

私は下を向いたまま、それに答えた。

「できたら……オムライスを」

文句なしという感じで、ママは大きくうなずいた。

「それも予想どおり。渚ちゃんが来たとき作れるように、鶏肉《とりにく》は冷凍庫に常備してあるから、できるわよ。今夜はパパも遅いから、肉じゃがぐらいしか作ってないんだけど。それは持って帰りなさいね」

と、踵《きびす》を返してキッチンにもどっていった。

「……負けた」

朝からろくに食べていない私は、洗い立ての匂いのするカバーが敷いてあるソファーに倒れ、力尽きた。キッチンからは、肉じゃがが煮える甘からい醬油《しょうゆ》の匂いがただよってきて、オムライスの前に、まずはそれを食べたかった。

目の前にあるのは、私がこよなく愛するレモン形の大きな黄色いオムライス。ケチャップの容器を取って、その上に線を描き続けていると、

「ストップ！」

ママが止めた。

「そんなにかけたら、ケチャップだけの味になっちゃうわよ」

言われて、私は素直にケチャップを置いた。食べ物に関しては、ママの言うことは全て正しい。この前も、セルフのうどん屋で、ネギと生姜《しょうが》を入れ過ぎて、何を食べているかわからなくなってしまった。ママの「ストップ！」がないと、そういうことになるんだ、と改めて知った。

「でも、なんで私がオムライスをリクエストするって、わかったの？」

自分は肉じゃがを食べながら、ママは答えた。

「オムライスはファミレスでも食べられるけど、だいたいが、玉子とろとろ系でデミグラスソースがかかってるやつでしょ？　あなたが好きな薄焼き玉子のオムライスは、下町の店にでも行かないとないし。わざわざそれを休日に食べに行く人でもないから」

図星だ。その食べたかったオムライスに、私は大きなスプーンを刺し入れた。明るい黄色のつやつやとした薄焼き玉子が、プツッと切れて、中からオレンジ色のチキンライスが顔を出す。ころんとした鶏のもも肉は、しっとり感のある大きめサイズ。それらを一緒にパクッと口に入れた。

「外食も飽きるでしょう？　自分でごはん作ってるの？」

スプーンをくわえている私を見て、ママは聞く。間違っても、今朝のゆで玉子の話などできない。が、私の口の中では、チキンライスと薄焼き玉子（でも、裏側は半熟）が絶妙に相まって、鼻からぬけるバターの香りと、ケチャップの甘い後味に、私は、全身の力が抜けていくのがわかった。

「お、いしい……」

泣いちゃだめ。ここで泣いては負けだ。敵に涙を見られたらおしまいだ、ここぞと猛攻勢をかけてくる。

「よかった。パパと心配してたのよ。なにを食べてるんだろうって」

「ちゃんと、食べてるよ」

「渚ちゃん、お料理もできないし」

「できる……ようになるよ、そのうち」

言葉尻《ことばじり》が自然と弱くなる。

「そのうち、って。料理のさしすせそ、もわからないのに？」

無視して、ひたすらオムライスを口に運ぶ私を見つめ、敵も仕留めるチャンスをうかがって、語りかけてくる。

「ここから通ったって、職場まで一時間もかからないのに。わざわざ独り暮らしなんかしなくても」

こちらも、敵と目を合わせないようにしながら返す。

「大人になったら出ていくのが、普通でしょ」

「そうだけど。もうちょっと落ち着いてからでもいいのに。郵便局の仕事から本社にもどって、一番忙しいときなのに……」

ママの言いたいことはわかる。入社してちょうど二年目の春に、私は実家を出た。

郵便の会社なので、入社一年目は、本社採用の新入社員も、研修を兼ねて支店の郵便局に配属され、窓口業務を担当する。それが終わって、いよいよ本社にもどり、オフィス勤務になったが、こちらの業務も初めてだから、新居と同じく、デスクの上に新しい備品を並べたり、親しんだことがないソフトの使い方を上司や先輩に教わったりと、目まぐるしい毎日だ。

「まあ、郵便局の窓口で働くよりは、らくだと思うけど」

私から話を聞いていただけなのに、ママは自分もそこで働いていたかのように言う。

「本社は、普通の企業と同じなんでしょ？」

私のスプーンは止まった。

「だから、なんなの？」

「よかったな、と思って」

「いまだに私の就職先に、不満があるの？」

「ないわよ。ただ、あんなに頑張って勉強してきたのに。英語だって成績よかったし。外資系の会社に勤めるとばかり思ってたから……」

なぜ、そんなイマドキでない地味な会社に入ったのか、と言いたいのだ。

「けっこうな企業グループですけど」

私は返した。他でもない、これが私が家を出た理由だ。でも、私の就職や仕事に対して口を出すからとか、干渉されるのが嫌だからとか、そんな簡単な理由ではない。

私は無言にもどって、黙々とオムライスをまた食べ始めた。おいしい。それは、変わらない。ママも黙って私をじっと見ていたが、ついに口を開いて言った。

「とにかく、週末だけでも帰ってきたら？　ちゃんとしたごはんが食べられるし」

再び私のスプーンは、ぴたりと止まった。

週末だけ！　その提案に、私は動揺する。金曜に実家に帰って、土日だけ、ママのおいしいごはんを食べる。それならば、いいかも、しれない。週末だけなら……。

いや、ダメだ！　やばい、悪魔が私を誘っている。敵の誘導にのってはいけない、それは罠《わな》だ、ダメだ、渚！

私は、片手で額を押さえ、逆の手でスプーンを強く握りしめた。とにかく、敵と戦うには、これを完食してからだ。

「ちょ、ちょっと、なにそんなに急いで食べてるの？　喉《のど》に詰まるわよ」

私がオムライスを倍速でかきこんでいるのを見て、ママが目を大きくしている。聞かずに私は、オムライスを米粒ひとつ残さずたいらげると、コップの水を一気に飲んだ。そして、ママを見た。

「私がなんで、この家を出たか。はっきり言うね」

ママはきょとん、とこちらを見ている。

「それは……ママとは、生き方が違うから」

持田《もちだ》渚、二十四歳。すらりとしているのに出るとこ出ているママと比べて、私は背もないし、ブラもBカップ弱。子供の頃のあだなは「小動物」。ママに勝てるのは、髪がストレートってとこぐらいだ。親子でも体形が違うように、中身も似ているところが少ない。私は、残念ながらパパ似なのだと思う。

子供の頃からなんとなく自覚はしていたが、十代、二十代と歳を重ねるにつれて、母親と自分が「どうも合わない」と、感じることが多くなってきた。でも、べつに仲が悪いわけじゃない。そこが問題でもある。

「ママはさ、偏差値の高い高校入って、ガチにラクロスやりながら、有名私大にも受かって、大手金融企業に入社して、三十手前で結婚して、子供ができて、そういう時代だったから退社したけど、主婦になったらなったで、家事も料理も完璧《かんぺき》で、お兄ちゃんと私が小学校に入ると、家で英語を教え始めて、今は翻訳の仕事と、塾の先生をしてる。でも、忙しくても、社会人一年生の娘が帰宅するまでには、おいしい夕飯を食卓にちゃんと並べている。そういう人」

他人の話のようにぽかんと聞いているママに私は告げた。

「薄々思っていたけど、就職してみて、はっきりわかったの。私はママみたいな生き方は、できないって」

「私みたいな生き方って？」

「なんでもちゃんとこなして、完璧にやる。いわゆる、優等生な生き方」

さすがにママも、眉間《みけん》にしわを寄せて反論してきた。

「優等生でもないし、完璧なんかじゃないわよ。たまたま、そうなっただけで」

こういう人にかぎって、たまたま、とか言ってくるのが、また頭にくる。

「だいたい、私の真似をしろだなんて言ったおぼえないわよ？」

私は首をよこに大きくふった。

「言ってないけど、じわじわと真綿で首を絞めるように、言ってるの。完璧をもとめている」

ママは思い当たらないと言うように、首を傾げる。んじゃ、と私は例を挙げる。

「たとえば。新人研修中、慣れない窓口業務で失敗続きのボロボロになっている私に、ママはなんて言った？」

「職場を出たら、仕事のことは忘れなさい」

うなずいて、私はそれに付け加えた。

「『帰ってきたら、手を洗って、うがいして、ちゃんと着替えて、おいしいもの食べて、家での生活も大事にして、残りの時間を自由に楽しみなさい』」

言ったことを認めて、ママはうなずく。さらに私は続けた。

「『そうすれば、明日《あした》もがんばろうと思えて、翌日も気持ちよく目覚めて、元気に出勤できるから』って。ママにそう言われて、一年がんばったよ、私も」

「よかったじゃない」

　私は一呼吸置くと、大きく声にした。

「んなことできない！　私には！」

　ママは驚いて、後ろにちょっと退いた。

「郵便局の窓口で、お客様にも上司にも、なんにもわかっとらん！　と怒られて、自分の仕事のできなさを痛いほど知って、めちゃくちゃヘコんで帰ってきたら、手なんか洗う気もしないし、化粧も落とさず倒れるように床で寝てしまいたいっ！」

　私は敵の目を見た。

「職場を出ても、忘れるなんてことできないし！　失敗したことを明日も明後日《あさって》も、ずーっと引きずりまくるし、それが私なの。切り替えられないし、自分の時間なんかあっても、なにもやる気しないし、余った時間にピラティスも、カフェ巡りも、ベランダ菜園もしませんっ！　ただ、泥のようにひたすら寝てたい！」

　ついに、ずっと思っていたことを言ってやった。

「この家にいると、帰ってきてからもママの言葉どおりに、ちゃんとしてなきゃいけないし、ママの言うことが正しいと思うからこそ、そうしなきゃと思って、逆につらいの！　仕事と家、両方ちゃんとは無理、この一年もう限界だったの！」

　ママは驚いている表情のままだったが、間を空けずに返してきた。

「でも、そんなことしてると、仕事だけが生きがいの人になっちゃうわよ」

「な……っ」

なんと！　私の支離滅裂な訴えを、敵は感情に流されず、秒速で整理し、そういうことを言ってきた！　私が戦っている相手はこういう人なのだ。

パパが好きな古いアニメ映画に「マザーコンピューター」というのが出てきて、子供の頃パパから、

「世界の全てを取り仕切っているのが、マザーコンピューターなんだ」

と説明されたとき、妙に納得した記憶がある。私はそれを文字通り、ママと重ねて見てしまう。今で言えば「AI」ってやつだけれど、「マザー」という言葉を付けたことに脱帽する。とにかく、手強《てごわ》い相手だということだ。

瞬時に切り返された私は、ため息をついた。「AIマザー」に、ヘタな反論をすると、また返り討ちにあいそうだ。せめてもの抵抗で、その口から次に出てくるだろう言葉を、私が先に言ってやろうと思った。

「光子《みつこ》おばさんみたいになっちゃうわよ、って言いたんでしょ」

パパの姉で、あまり要領がよくないのに仕事に人生を捧《ささ》げ、結婚もせず、独りで寂しく暮らしている光子おばさん。彼女みたいになっちゃうわよ、と。ママとパパは、なにかと光子おばさんを可哀想がるのだが、まったく大きなお世話だ。見た目が地味で、ちょっと笑顔が弱々しいからって、本人が寂しく思っているかどうかは、わから

ないじゃないか。

「そんな、失礼なこと言わないわよ」

先に言われちゃったもんだからママは否定して、なかなか自分の手に落ちない娘を見つめて、しばらく黙っていた。が、なにか思い出したかのように、ふっ、と微笑んだ。

「でも、私も若い頃、同じように思ったことがあったわ」

予想外な言葉に、私はママを見返した。

「今の渚ちゃんみたいに、新入社員の頃よ」

ママは懐かしそうに、仏壇がある方をチラッと見た。

「やっぱり仕事覚えるのに、せいいっぱいでね……。残業して家に帰れば、おじいちゃんとおばあちゃんに、『こんな遅くまで若い娘を帰さないなんて、ろくでもない会社だ、早いとこ辞めなさい！』って言われて。人間の生活じゃないとか。家では親から、会社では上司から、両方からやんや言われて、ホント困ったものよ」

ママの声のトーンが、反省するような響きに変わった。

「まさか、あなたに同じことをやってたなんてね」

苦笑するママを、今度は私がじっと見つめた。

「へー。そうなんだ」

完璧に見えるママでも、若い頃は、いろいろと葛藤《かっとう》があったのかもしれない。ママの時代は、労働環境も悪くて、女性が働くことにさらに苦労があったのだろう。そう考えると、ちょっと言いすぎたかな、と思った。

「ママも苦労した経験があるからこそ、私のことを心配してくれてるんだと思う。それは、わかっているんだけど――」

と、こちらも声のトーンをやわらげて返したが、ママはどこか遠くを見ている。

「そうだったわ……両方から、やんや言われて。どうしたら、親も会社も黙ってくれるかと、考えて……」

そして私に視線をもどした。

「それで、資格を取ることにしたの」

私は、言葉の意味がわからず聞き返した。

「しかく？」

「そう。雑用で残業をさせられるのを回避するには、早いとこキャリアアップするしかないじゃない？」

口を半開きにしたままの私に、ママは親指を立てた。

「これが、うまいことといって。上司に相談したら、仕事に役立つ資格ならぜひ取りなさいって応援してくれて、残業も減らしてくれて。親も、試験勉強をしてるならと、遅く帰っても静かになって。両方うまくおさまって、FPの資格も取れたし、一石三鳥」

「いっせき、さんちょー……」

ダメだ、こりゃ。私は首をよこにふった。

さらにAIマザーはなにか思いついたようで、ポン！　とテーブルをたたいた。

「そうよ！　渚ちゃんも、週末は帰ってきて、あったかいごはん食べれば、仕事以外のこともやる気が出て、それこそ転職のときに役立つ資格の勉強を、してもいいかな？　って気分になるんじゃないかしら？」

私は自分の耳を疑った。

「かなって、きぶん？」

テーブルに額を打ち付けたい衝動を、どうにか抑えていた。この人は、私の話を聞いていなかったのだろうか？　AIならアップデートして欲しい。いや……AIだからこそ、自分のデータにないものは理解できないのだ。これ以上、なにか訴えても、無駄だ。

私は立ち上がると、呟《つぶや》くように言った。

「肉じゃがもらって、帰ります」

午前中の仕事は、全国の郵便局や関連施設から送られてくるメールを開いて、仕分けや簡単な照会をするだけなのに、ノルマの半分もできずに終わってしまった。

私が採用された部署は本社の不動産部で、グループが持っている建物の管理や修繕、改修などを担当するマネジメント課で私は働いている。郵便の歴史とともに組織が所有してきた不動産や施設を、通信の形が変わっていく時代の中で、今後どのように有効活用していくか、つまり大切に使っていくかを考える部署でもある。とはいえ私はまだ、教わりながら定型の文章や決まった数字をやりとりするだけの仕事をしているので、自分がなにをやっているかイマイチ実感がない。わかってない中でやっているから、知らぬまになんかやらかしてないか、それも不安になる。

「近所のおっさんに怒鳴られてる方が、むしろわかりやすくてらくだったかも」

なんて、窓口の業務が懐かしくなっている自分がいる。

昼休憩に入るのがかなり遅くなって、お腹ペコペコで社員食堂に行くと、楽しみにしていた本日の定食、アジフライは既に売り切れ。しかたなく、親子丼を頼んだ。

「持田さん、今からお昼？」

同じ課の先輩、米川《よねかわ》さんが、テーブル席から声をかけてきた。尻尾《しっぽ》だけが残っているお皿から、彼女はアジフライ定食を食べていたと思われる。こっちに来たら？　と手招いている。米川さんの隣には、隣の課の水澤《みずさわ》さんがいる。水澤さんの方が年上みたいだけれど、いつも一緒に食事しているから、仲良しなんだろう。

「大丈夫？　なんかトラブってる？」

私が親子丼をのせたトレーを、米川さんの向かいに置くと、彼女が聞いてきた。私は二人に会釈して返した。

「大丈夫です。週明けでメールの量が多くて」

近頃の若者はすぐ心が折れて辞めてしまう、というのが通説になっているから、ママの時代とは違って、先輩も上司もやさしくて、ちょっと元気がないと、こうやって心配して声をかけてくれる。

「でも、疲れた顔してるよ？」

さらにありがたいことに、うちの部署は明るい女性が多くて、話しやすい雰囲気がある。米川さんはその中でもとくにあけっぴろげなタイプで、朝は、遭難した人かと思うぐらい、髪も服もぐちゃぐちゃで出社してくるが、いつの間にか整えて、午後にはお化粧もして普通になっているという面白い人だ。私よりもひどい人がいる！　と親しみを覚えて、こちらからも積極的に、わからないことを相談したり話しかけたりするようになった。

「すみません。でも疲れてる原因は、仕事じゃなくて、親です。昨日実家に帰ったから」

「実家に帰ると、疲れるの？」

「親と合わないんです」

米川さんは、ああ、と驚かずにうなずく。私だけでなく、まわりでもよくある話なのかもしれない。私は、それ以上は言わず、とにかくお腹が空《す》いてるので、親子丼を口に運んだ。

……が、ひとくち食べて、一瞬、箸《はし》を止めた。親子丼は、かなり久しぶりに食べるメニューなのに、あまり感動がない。なぜだろう？　と首を傾げて考えていると、米川さんが、また聞いてきた。

「親と合わないなら、実家に帰らなきゃいいんじゃない？」

私は相手を見て、苦笑した。

「ごもっともなんですけど。誘惑に負けちゃったんです。母の料理が無性に食べたくなって」

「へー、お母さん、お料理が上手なんだ？」

私は小さくうなずいた。

「母のオムライスは、他では食べれないんで」

すると、それまで黙って私たちの会話を聞いていた水澤さんが、口を開いた。

「ってことは、昨日、オムライスを召し上がったんですか？」

と丁寧に聞かれて、

「えっ、はい、そうです」

と私はうなずいて返した。水澤さんのことは詳しくは知らないけれど、米川さんとは違い、いつでも清々《すがすが》しくて、派手ではないけれどファッションセンスもいい。どちらかというとナチュラル派で、お化粧も薄目なのに美人。そんな彼女に問われて、私がきょとんとしていると、

「なのに、お昼に、親子丼？」

水澤さんは不思議そうに聞いた。こちらも聞き返した。

「それが？」

彼女は、私の丼を指した。

「似てない？」

言われて、私は自分が食べているものをじっと見つめた。玉子に、鶏肉《とりにく》に、玉ねぎ、そしてご飯！

「ホントだっ！　違うのは、ケチャップか醤油《しょうゆ》か、ってだけだ。オムライスと親子丼って、同じものでできてるんだ！」

衝撃の事実に驚いて、

「今まで気づかなかった。どーりで、親子丼久しぶりに食べるのに感動がないと思っ

た」

私が納得していると、米川さんは愉快そうに笑った。

「おっかしい。持田さん、料理しないでしょ？」

うっ、と私は言葉をのんだ。

「は、恥ずかしながら」

と認めて、うつむいてると、米川さんは首をよこにふった。

「大丈夫、私も料理できない人なの。だから、彼女に同じように突っ込まれるの、この人は料理上手だから」

と、水澤さんを指した。

「上手じゃないわよ」

水澤さんは、慌てて手をふって否定した。

「料理は好きだけど、大したもの作れないし、いいかげんだから」

それを聞いて、私と米川さんは目を合わせて、同時に言った。

「料理が上手《うま》い人って、必ずそう言う」

「料理上手の、お決まりのセリフです」

水澤さんは口を半開きにしていたが、それ以上は抵抗しなかった。代わりに、

「ちなみに、ここの親子丼、醤油が多めでしょっぱいから、注文するときに、『玉子

はゆるめ』で、と頼むといいよ」

と、教えてくれた。

「なんで、玉子ゆるめなの？」

私の聞きたいことを、米川さんが先に聞いてくれた。

「火を通すほど、玉子は固くなって小さくなっちゃうから、よけいツユの味が勝っちゃうの。しょっぱい上に火を入れすぎるの、ここの料理長さん」

と水澤さんは囁《ささや》くように教えてくれた。

「言われてみれば、玉子ちょっと固いですよね。味も濃いかも」

どちらかというと、とろとろではなくしわしわの玉子を私は見た。厨房《ちゅうぼう》の方を見やると、おじいちゃん、と言ってもいいぐらいの歳の強面《こわもて》の料理長が、顔をしかめて中華鍋《なべ》を洗っている。「ゆるめで」と言うのも、勇気がいりそうだ。

「へー、ここの親子丼、しょっぱいんだ！　五年間食べ続けてたけど、知らなかった」

「いつも食べたあと、喉《のど》渇いたって、水飲んでるじゃない」

「そうだっけ？」

米川さんは首を傾げてる。もしかすると、米川さんは私の上を行く人かもしれない。

また、ちょっとホッとした。

「揚げものは、おいしいんだけど。まあ、安いし、文句は言えないわよね」

と言う水澤さんの笑顔がとてもやさしいので、私はうなずいて気持ちを吐露した。

「自分は料理できないので、社員食堂はありがたいです。ずっと実家で母親の作るごはん食べてたから、できたての家庭料理が食べたくなるんです。この辺りは、おいしいレストランはあるけどオシャレ過ぎて高いし、量も少ないし。安いチェーン店の味は飽きちゃうし。昼も夜もだと」

「わかるわぁ。言うても社食は手作りだし、オシャレにしてるつもりでも、家庭的な味だよね」

と米川さんは厨房に聞こえてしまうような大きな声で同意した。水澤さんもそれに合わせて、

「私も、お弁当と社食と半々ぐらいかな。独り暮らしだと、食材も使いきれないでダメにしちゃうじゃない？」

と言ったけれど、米川さんが間を与えず、

「それは、わかんない」

と返した。水澤さんが、うなずいた。

「あなたの家の冷蔵庫、缶ビールと化粧水しか入ってないもんね」

「私も後者です。麦茶と化粧水」

と私は言って、三人で笑った。先輩二人に、会社の近所にある日本料理屋の安いラ

ンチなど、穴場を教わったりして、私は改めて、いい会社に勤めたな、と思った。料理ができた方がいいとも言わないし、できる人も自慢しないし、ちゃんと生活しなきゃだめ、みたいな空気もない。

「うちの会社は多いよ、料理苦手って人。勉強ばかりしてきた人とか、興味あること一つに打ち込んできた人って、食べることは二の次だったりするんだよね」

米川さんは言うが、それで言うと私は前者だ。

物心ついたときから、勉強するのがあたりまえという環境だったから、それが普通だと思ってずっと勉強してきた。

勉強は嫌いじゃなかった。でも、あるときからなんとなく、自分の限界みたいなものが見えてきた。ぎりぎり希望範囲の大学には受かったけれど。私の中で、なにかが終わった感じがした。

そのときの気持ちを人に伝えるのは難しいが、あるとき、近所の高校の野球部が、まさに甲子園では夏の大会をやっているときに、やる気なくキャッチボールをしているのを、フェンス越しに見て、あっ、これと同じだ！　と思った。彼らと同じように、それなりに頑張ってやってきたけれど、自分にはそれしかなかったけれど、その先に行ける人間ではない……と、悟ったのだ。

だから大学に入ってからは、勉強するのはやめて、ファッションや、アイドルの推し活に、友だちと一緒にハマってみた。けどそれも、独りでもやる！　ってほどまでにはならなかった。だから就職も面接で、やりたいことあります！　と自己アピールしなきゃいけないようなキラキラしたところは避けた。

なんでもできるママとは生き方が違う、ということだけは、わかった。じゃあ、どう生きるか、それはまだわからない。

米川さんも、水澤さんも、独自の生き方で生きてるのが、言葉からわかる。数年後には、それが私にも見つかるのだろうか？

「また、お食事を、ご一緒させてもらっていいですか？」

改めてお願いすると、二人は一瞬意表をつかれた表情になって、

「なによ、改まって」

「もちろんよ」

一人でも多い方が楽しいもの、と笑った。

「時間あるときは外にも行くけど、私と水澤さんは、たいがいこのテーブルで食べてるから――」

と米川さんが言ったとき、厨房から悲鳴が聞こえた。

「キャーッ！　料理長！　だっ、誰か！」

悲鳴をあげたのは皿洗いのバイトの女の子で、私たちが驚いて立ち上がって見ると、さっきまで中華鍋を洗っていた料理長が、真っ白な顔で床に倒れている。米川さんが、

「私、救急車呼びます！　水澤さんは医務室に連絡してくれますか！」

速やかに指示を出して、スマホで救急に連絡しながら、ためらうことなく厨房に入っていった。彼女は料理長に駆け寄って、

「料理長！　大丈夫ですか？　わかりますか？」

プロのレスキュー隊みたいに意識を確認している。水澤さんも医務室に連絡しながら、呆然《ぼうぜん》として突っ立って見ている私に、指示した。

「廊下にAEDがあるから、取ってきて！」

言われて私はハッと我にかえり、つまずきながら廊下へと走ったのだった。


重たい脚だけではなく、今日の失敗を思いっきり引きずってマンションに帰ってきた私は、玄関を開けて靴を脱ぐと、上着とカバンを廊下に投げ出して、そのままベッドのところへ行き、バタンと布団の上に倒れ伏した。

ああ、これができるのが、嬉《うれ》しい……。

ママに、風呂《ふろ》に入れだ、花粉の付いてる上着を洗濯機に入れろだ、味噌《みそ》汁が冷める

だ、と言われずに、好きなだけ今日の職場での失態を頭の中で再生して、あーすりゃよかった、こーすりゃよかった、とダラダラと後悔することができる。

「恥ずかしかった。自分の専門なのに」

と、昼のハプニングを思い出す。廊下に設置してあるＡＥＤを取りに食堂を飛び出した私だったが、水澤さんに後ろから呼び止められた。

「そっちじゃない！　そっちは消火器、ＡＥＤは反対！」

「あっ！　そうでした！」

不動産部のマネジメント課は、社が所有する全建物に設置されている防災設備や、緊急時用設備のＡＥＤなどの管理、点検も担当している。どこにそれが設置されているか、誰よりも自分が把握していなきゃいけないのに、投資課の水澤さんに場所を教えてもらってしまった。

「倒れてる料理長に消火器持っていって、どうすんの」

と、自分に突っ込む。それに比べて、米川さんも水澤さんも、突然の出来事にも落ち着いて対応していた。

米川さんは、料理長に意識と呼吸があるのを確認すると、医務室の医師が来るまで料理長をはげましたり、姿勢を楽にしてあげたりしていた。水澤さんは、バイトの子から聞いた情報を、到着した救急隊員に伝え、担架で運ばれていく料理長を見送ると、食堂の入口に『本日休業』の札を下げて、自分のオフィスへともどっていった。

そんな二人を見ていれば、料理ができても、できなくても、彼女たちが仕事ができる人だとわかる。

「私なんか、人が倒れてるの見ただけで……」

思い出して、ぶるっと震えてしまった。料理長、大丈夫かな。米川さんが言ってた言葉が気になる。

「辞めたいけど後任がいないから辞められないって、料理長言ってたんだよね。無理してたんじゃないかな」

ということは、しばらく社員食堂は休業になるのでは？　どうしよう。料理長も心配だが、そちらも心配だ。

「明日《あした》から、どこでごはんを食べたらいいんだ？」

私まで胸がバクバクしてきた。いや、食べる場所はいっぱいある。こんなことぐらいで、落ち込んでどうする。

「大丈夫、疲れてるだけ、いや、お腹が空《す》いてるんだ」

と、自分に言って、私は起き上がった。好きなだけグタグタ考えられるのはいいけれど、ちゃんとなにか食べないと、体力が落ちて会社にも行けなくなったら大変だ。せめて、もう少し仕事ができる人にならなくては。

冷蔵庫に直行して、扉を開けた。中にある食材は、玉子、レタス、プチトマト、ドレッシング、粉チーズ、福神漬け、チョコレート……以上。私は無言で扉を閉めた。

気を取り直して、キッチンの流しの下のキャビネットを空ける。そこにあったのは、チンするだけの『サカイのごはん』、材料に混ぜるだけの『豚バラ大根の素』、あえるだけの『たらこパスタソース』……以上。

「パスタが、あるはず」

奥の方を探すと、袋に十本ぐらい残っているのが見つかった。なんでこれだけ、残してるんだろう……。私はキャビネットも閉めた。

「コンビニ、行くか」

着替えなくてよかった、とカバンの中から財布だけ出して、エコバッグに入れて、さっき脱いだばかりの靴を履いたそのとき。

ピンポーン。

跳びあがって驚いた私は、玄関扉のドアスコープをのぞいた。宅配便の配達だ。手には箱を持っていて、『冷凍』のシールが貼ってある。

私が返事もせずに、いきなり玄関扉を開けたので、

「うおっ！」

配達の人はびっくりしていたが、私は急《せ》くように名前を確認すると、

「ありがとうございますっ！」

　と、伝票にサインをして箱を受け取った。今履いたばかりの靴を、また脱いで、けっこう重いその箱を抱えて部屋にもどってくると、テーブルに置いた。差出人は予想どおり、

「ママだ」

　敵から、送られてきた小包である。本来なら、もっと警戒するべきだったが、あまりに空腹過ぎて、速やかに開けてしまった。

　中身もまた予想どおり、食材だった。プラスチックバッグに詰められた凍ってるお惣菜《そうざい》が、箱に無駄なく、きっちりと納まっている。袋を一つ一つ出してみると、ママの字で内容がペンで書かれている。

『キーマカレー』『鶏《とり》ごぼうご飯』『チキンライス』『ビーフストロガノフ』『御赤飯』『カボチャサラダ』『鰤《ぶり》の照り焼き（焼いてください）』『筑前煮《ちくぜんに》』『シュウマイ』『餃子《ぎょうざ》（焼き方は電話して）』と、書かれている。

「……お、いしそう」

　嬉しさと、悔しさと、自分の将来に対する不安と今日の疲れで、不覚にも目が潤んできた。私は洟《はな》をすすりながら、箱の中のものを小さな冷蔵庫の冷凍室に、入れていった。ママの見積もりどおり、全てピッタリ収まった。さすがＡＩマザー。

敵の手中に落ちているのを自覚しながら、私はカレーだけ電子レンジへと持っていった。そしてキャビネットからパックごはんを出した。福神漬けはある！　カレーが解凍されるのを待ちながら、箱をたたもうとすると、底にメモがあるのを見つけた。これはママの字ではない。

『いつでも帰っておいで。三人いれば、週末はすき焼きだそうです。パパ』

ママに書かされたであろう、パパ（AIマザーに洗脳されて四半世紀）のメモを見つめた。無駄な抵抗はやめて、降伏して実家にもどるしか、私には道がないのだろうか？

チーン。電子レンジが同情してくれた。

第二話　隕石肉団子

会社の給湯室にある電子レンジで、ママのシュウマイ（冷凍状態でプラスチックバッグのまま持ってきた）と、『サカイのごはん』をチンして、それを、デスクで食べていると、米川さんがこちらにやってきた。

「残念な、お知らせがあります」

「えっ、もしかして」

嫌な予感は的中した。

「社員食堂の、閉店が決まりました」

「閉店？　休業ではなく？」

「本社でもここは別棟だし、そもそも赤字だったみたい。後任もいないし、経費削減のいいタイミングだと判断したんじゃないかな」

米川さんは、アジフライ定食をもう一度食べたかった、と惜しんでいるが、アジフライどころじゃない私は頭を抱えた。

「困ります！　できたて家庭料理が安く食べられる、唯一の場所だったのに。これから、どこで食べたらいいんだろう」

行く手を全て塞《ふさ》がれた。ＡＩマザーが、料理長に毒を盛ったのではないかとすら、思えてきた。

「料理長の死因は？」

「死んでないから。ただの過労だって」

もうすっかり元気だけど、奥さんに辞めてくれって言われたみたい、と米川さんは、私が食べているものを見た。

「ずいぶんとシンプルな、お弁当だね」

お弁当と言っていいのかわからないけど、と私のことをだいぶわかってきた米川さんは、あわれむように言った。

「私は、実家も外食派だし、ファミレスで独りで飲める女だからいいけど。あなたは、親のごはんで生きてきたから、大変ね」

彼女の言うとおりだ。お酒はそこまで好きじゃないし、ごはんを食べることが私にとって、唯一の喜び。そして最近は、お店の味では癒《いや》されないことも、だんだんとわかってきた。ママのシュウマイをもぐもぐ味わいながら、また泣きそうになる。悔しいけど。

冷凍室にいっぱいだったママの料理も、あまりに飢えていたから、あっと言う間に食べてしまった。これがラスト。パパの手紙の『すき焼き』の文字がフラッシュバックする。ダメだ、ＡＩマザーの戦略に乗ってはダメだ。

「でも、そんなおいしそうなシュウマイ、私が通う町中華でも、見たことがない。どこの？」

「母の手作りなんです」

「えっ、シュウマイって自分で作れるものなの？」

と米川さんは驚いている。

「母は、餃子もシュウマイも作っちゃいます。なにでどうやって作ってるかは、わからないですけど」

「その薄い皮も？」

さあ、と私は首を傾げる。

「お母さんに教えてもらえば？　もう自分で作るしか、選択肢はないんじゃない？」

米川さんに言われて、私は沈黙する。

「教えてもらって、作れたら、もう作ってると思います」

私の言葉に、米川さんはうなずいた。

「確かに。教えてもらって作れるなら、料理番組を見て作れるってことよね」

私と米川さんは顔を見合わせた。

「同じようにできた、ためしがない」

「どんなに簡単でも、違うものができる」

やっぱりそうなんだ、と私はホッとした。

実家にいたときは、自ら料理をする機会はあまりなかったが、とはいえ、ママが出張に行ってるときとか、バレンタインデーに友チョコを作ろうとか、たまにキッチンに立ってみることはあった。

ネットのレシピや動画、ママの持ってる料理本を見ると簡単にできそうで、よし、これを作って見よう！　と思うのだけど、実際やってみると、どんどん違うものになっていく。食べられないほどのものではないが、食べたいものではない。

「結果、二度と同じものを作ろうとは思わなくなる」

共感を示す米川さんも、止まらない。

「わかる！　『簡単』って書いてあるレシピでも、一晩冷蔵庫に入れろとか、家にない材料を当たり前に言ってくる。そもそも料理ができる人が教えてるところが、問題なんだと思う」

米川さんは不満げに、背中を反らしてヨガのポーズをとった。

「前に習ってたヨガの先生も、初心者の気持ちがわかってなくて。基本のポーズができて当然、でスタートするからさ。こっちは厳しくてやめちゃった」

言われてみて、そういうことなのか、と気づいた。私が実家で料理をしないのも、プロ並みのママがいるからで、野菜を洗うにしても、極めた人のやり方で、確かに中途半端に手だしができない。

「どうしたら、できるようになるのかな」

これが本当に最後のシュウマイを、私は、パクッと口に入れた。とにかくやっていれば、そのうちできるようになるのだろうか？

「私も、ちょっと言わせてもらっていい？」

私と米川さんは、よく通るその声に驚いて、フロアの奥にあるデスクの方を見た。

「あのレシピってやつは、私もどうかと思う」

橋本《はしもと》課長が立ち上がって、こちらにやってきた。いつもパンツスタイルでショートヘアの課長は、いかにも仕事ができる人というオーラを背負っている。べつに怒っているわけではないけれど、余計なことを言わずに端的に指示を出すので、私はまだ、面と向かって話すときに緊張してしまう。そんな課長が、私たちに物申す感じで近づいてきたので、思わず、

「すみません」

と私は謝ってしまった。

「いや、あなたが謝ることじゃない。レシピってやつが理解できないの、私も」

ってことは、もしかして、課長も料理できない人？　多いとは聞いていたが、まさ

か課長までとは。

「まず『適宜』とか『少々』ってのが、よくわからない。『ひとつまみ』も」

課長は眉間《みけん》にしわを寄せて、重要書類を見たときと同じ顔になっている。

「それ以前に」

と、より深刻な顔で、課長は首を傾げる。

「塩って、どのくらいふれば、どのくらいの味になるのか、未《いま》だにわからない。コショウの量も」

「わかります。コショウって、少々入れたところで味します？　あれって、おまじない？」

と米川さんが共感を示して、課長は嬉《うれ》しげに米川さんを指さす。

「だよね！　あとさ、レシピに『味をみて、お好みで足りなければ○○を加えて調える』って、あるじゃない。あれが、一番ダメ」

「ダメ？」

と意味がわからず私は、ぽかんと課長を見上げる。

「料理ができない人間は、お好みが、わからないの！　ゴールがどこか、正解がわかんないから、足りてるのか足りてないのかもわからないし、色々と足してるうちに、どんどんわからなくなって、なんだかわからん味になる！」

こんな多弁な課長は見たことない。が、いまやこぶしを握っている。

「でも課長は、味オンチではないですよね？　おいしい店を知ってるし」

米川さんが不思議そうに聞くが、

「人が作ったもののウマいマズいはわかるけど。自分が作ると、もうわからなくなる。ほら、私、メイクもヘタじゃない。アイシャドウもチークもどこまで塗ればいいかわからないのよね。他人の厚化粧はディスるけど」

ああ、確かに。とは言えなかったけど、課長のアイシャドウ、左右の濃さが言われれば違う……。

「化粧も料理もしてこなかったから、しかたないんだけど」

と吐露する課長も、私と同じで勉強ばかりしてきたのかなと思う。課長は米川さんを羨《うらや》ましげに見て、ため息をついた。

「独りならさ、外食でも毎晩飲みに行くでも、いいんだけどさ。子供に、ごはんを作らなきゃいけないから」

課長は泣きが入っている声で言う。

「レパートリー少ないから、スーパーで、なににしようか決まらなくてぐるぐるまわって時間がどんどん過ぎていく。で、結局いつも冷凍食品。子供に、ギョーザ飽きた、と文句を言われ」

こんなに大きな会社で、仕事をバリバリやっている人が、「料理」というものに泣かされている。ものすごい金額の工事や計画で決断をしまくってる人が、スーパーで晩ごはんを決められないなんて。私は自分のことを忘れて驚いていた。

「家族も、私のヘタな料理に慣れてはいるけど……『ママの薄い味噌《みそ》汁が飲みたい』と子供に言われ、夫にいたっては『おかげで、食べれない物がなくなった』と遠回しに言われ。やっぱ、傷つくよね」

「マズい、と言われた方がマシだ」

米川さんは遠慮なく言うが、

「ヘタでも作らなきゃいけない家族持ちは、ホント大変だと思いますよ。でも、独り者だってハッピーに外食してるわけじゃないんですよ。女は料理できてあたりまえ、みたいなのは未《いま》だにありますから」

と、彼女も語気が強くなってきた。

「最近は料理男子も多いから、それもうざい。私が料理しないって言うと、男子がこぞと、『自分は料理できる』をアピールしてくる」

「あれもムカつくーっ！」

と、課長は眉尻《まゆじり》を下げて同調している。その眉《まゆ》も、よく見れば左右対称にかけていない……言えないけど。

「『ぼく、料理きらいじゃないですよ、気分転換になるし。つまみとか、あるものでパパっと作っちゃいますね』とかね」

と、米川さんは憎々しげに男子の口調を真似る。

「いるいるーっ！」

「結局、料理ができない女って、バカにされるんですよ」

「『彼女の手料理で好きなのはカレー』とか、今の時代、コンプライアンス的にNGにするべき！」

話が大きくなってきたが、今の時代も、料理ができないってことで、女は苦労するようだ。

しかし課長のように、毎日家族にごはんを作っていても料理が苦手、となると、「やってれば、そのうちできるようになる」という見方も、怪しくなってきた。

私は、熱くなっている上司と先輩に、恐る恐る聞いた。

「自分は、料理ができないことに気づいて、まだ日が浅いのですが」

二人はこちらを向いた。

「料理できない人間は、一生料理ができないのでしょうか？」

二人は、じっと私を見つめていたが、沈黙が続いた。

それが答えなのかな？と思ったとき、

「そんなことないですよ」

爽《さわ》やかな声がどこからか響いてきて、神様の声かと思ったら、水澤さんだった。隣の課から、足音も立てず雲に乗ってきたかのようにすーっと、彼女は現れた。

「ごめんなさい。皆さんの声が、うちのエリアまで聞こえてきたので、私もひと言いいですか？」

水澤さんは笑顔で私たちの輪に入った。そして、

「持田さん、ダメよ。この二人の話だけを聞いていたら、夢も希望もなくなるから」

と、顔のわりには酷《ひど》いことを私に囁《ささや》いて、宣言した。

「料理はコツさえつかめば、絶対にできるようになります。まず、レシピについてですけど」

水澤さんは、課長をチラッと見た。

「言わせてもらえれば、あれはカーナビみたいなものなんです。でも、ナビがあっても迷う人っているじゃないですか」

「それ、私だ」

米川さんが手を挙げる。知ってる、と水澤さんがうなずく。

「なんで、迷うかと言うと、ちゃんとナビが教えてくれてるのに、指示を守って走らないからです。ナビに言われる前に、手前で自己判断して曲がっちゃったりするでし

よ？」

否定できない米川さんは、反論口調で返した。

「それは！　実際に走ってると、ナビの地図にないものとかが突然現れたりするから、惑わされて」

水澤さんは首をよこにふる。

「まず、ゴールまでの道のりを俯瞰《ふかん》でちゃんと見てないからダメなの。全体を把握してないくせに、目先の変化で勝手に判断するから、道からそれちゃうんです」

米川さんはぐうの音も出ないという感じだ。水澤さんの指摘は鋭くて、私にも刺さる。言うまでもなく、私もナビを見ていても道に迷うタイプ。米川さんにしろ私にしろ、不動産部で方向オンチなのはどうかと思うが。すると、

「ゴールで言えば、橋本課長」

と水澤さんは、今度は課長に面と向かった。

「どこが着地点かわからないから、味が調えられないとおっしゃってましたね？」

「えっ、はい」

水澤さんの問いに、あの課長が怖気《おじけ》づいている。

「初めて行く場所がわからないのは、皆、同じです。着地点は、自分が『おいしい』と思うところ、なんじゃないかなと私は思います。課長のお話を聞いてると、なにが

正しいか考えすぎちゃって、道の途中であきらめてしまっている、そんな気がしなくもないです」

課長は、ほぉー、と顎《あご》に手をやり考えている。

「確かに。自信がないから、攻めきれてないのは、あるかも。私が作ったものでも、夫や子供が後からなんか足して、『おいしい』って言ってることは多い」

「そう、おいしい、が着地点。だから恐れず、自分がおいしいと思うもの、好きなものを、思い切って作るのが一番の近道です」

と、水澤さんは今度は私を見た。

「お料理ができるできないは、重要なことじゃないと思う。けど、なにもしないうちから苦手になるのは、もったいないわよ」

私は、彼女の言葉をくり返した。

「好きなものを、作る、ですか」

水澤さんはうなずいた。

「ゴールが想像しやすいから。そこから始めたらいいと思うわ」

「レシピはナビである」「好きなものを作る」。作る前にレシピをよく読んで、ゴールのイメージを頭に入れて、手順どおりに進めば、絶対にそこに到達できる。水澤さんに教えを受けた私は、自分にもできるような気分に少しなってきた。

「レシピはナビ、か」

その日、仕事が退《ひ》けると、さっそく会社の近くの本屋さんに寄ってみた。普段は『趣味、実用書』のコーナーなんてあまり見ないので、そこへ行って、料理雑誌や料理本の多さに改めて驚いた。『基本のおいしい和食』『定番おかず365日レシピ集』『時短、簡単、つくりおき!』『おうちで本格イタリアン』『カフェ風ごはん』『ビギナーズのお料理ブック』——などなど。

表紙を飾る料理は、みんなおいしそう。新刊は、ママの持っている料理本とは違って、食器も背景もおしゃれで見ているだけでうっとりとしてしまう。まずこの中から選ぶということだけで、早くもため息が出た。

「好きなものを作る、のだから……」

目の前にある一冊を取って、開いた。洒落《しゃれ》た装丁だけれど、紹介している料理は親しみのあるハヤシライス、ロールキャベツ、親子丼、ドライカレーなど、定番のおうちごはんが、レシピと共に写真で紹介されている。どれもおいしそうでお腹が空《す》いてきた。が、あるページで私の手がピタッと止まった。

「ハンバーグ!」

それは、こんがりと焼けた丸くてかわいいハンバーグ。艶《つや》やかなソースがかかっていて、添えられたブロッコリーの緑とトマトの赤が鮮やかだ。なんとも眩《まぶ》しいビジュアルに、ドキュンときてしまった。

「これだ！」

子供の頃から大好きなメニュー！　ハンバーグにしよう。これを作ってみよう。ハンバーグが作れちゃったら、かなり自信がつくんじゃないの？　と気持ちがあがってきた私は、その本を持って、真っ直ぐレジへと向かった。

電車の中でレシピを何度もくり返し読んで、しっかり頭に入れて、イメトレをしているうちに、なにも難しいことはないような気がしてきて、ますますやる気になってきた。暗記は得意なので、レシピにある材料と分量を覚えると、駅前のスーパーでそれらをそろえて、部屋に帰ってきた。

明日《あした》にでも、ゆっくり作るつもりだったけれど、イメトレもしちゃったし、考えたら今夜食べるものもカップラーメンぐらいしかない。ハンバーグって作るのに、どれくらいかかるんだろう。レシピに調理時間が書いてあったはず……。

「30分以下、だって！」

今夜、作っちゃおうかな？　と、この勢いで作ってみることにした。善は急げと言うし。

できたてのハンバーグが食べられると思うと嬉《うれ》しいなぁ、とカバンを下ろしたが、

その中にお昼のお弁当、ママのシュウマイを入れていったプラスチックバッグが入っているのに気づいて、

「また、ひき肉系だな。水澤さん的に言うと」

と、ちょっと思った。まあでも、中華と洋食だから別物だ。私は速やかにルームウエアに着替えると、キッチンに向かい材料を並べた。

合いびき肉、玉ねぎ、パン粉、牛乳、塩、コショウ、ナツメグ。ソースを作るケチャップとウスターソース、そして赤ワイン。

「おお、頭に入ってるじゃん」

自分を褒めて、まずは玉ねぎの皮を剝《む》く作業から入った。


一時間半後。私は、ようやく練り上がったハンバーグのタネというやつを、じっと見つめていた。30分以下って、書いてあったよね？　本を改訂するときは、ぜひ「初心者調理時間」も載せてほしい。ここまでの作業でこんなに時間を食うとは予想していなかった。

「だいたいさ、どうせ最後にまとめて焼くのに、なんでわざわざ玉ねぎを先に焼いて入れるの？」

玉ねぎのみじん切りを炒《いた》めたフライパンを洗いながら独り言《ご》ちた。こんなに面倒な

ことを、ママが毎回やっていたなんて知らなかった。昼に食べたシュウマイも同じなのだろうか？

帰ってきたときの勢いはすでになく、もう九時をまわっていて空腹で死にそうで、ここまでやった自分を褒めて、今夜はもうカップラーメンにしてしまおうか、と思ったが、

「ま、あとはまるめて焼いて、ソース作るだけだから」

と、一応ゴールは見えているので、自らを励ました。

しかし、私の作ったハンバーグのタネは、なんだか不穏な様相をしている。水澤さんの教えどおり、忠実にレシピに沿って進行しているけれど、手本の写真よりベタついてる感が。この本のレシピにも、課長が「理解できない」と文句を言っていたのと似た表現が出てきた。

『ひき肉の量によって様子を見て、牛乳の量は調節してください』

まず、肉の量が２５０グラム～３００グラム、とあるのがトリッキーだ。むしろピッタリの数を書いて欲しい。玉ねぎやパン粉の量は、きっちり書いてあるのに、なぜ肉だけ？　それに、「様子を見て」と言われても、タネというやつの完成形がわからない。最終形のハンバーグの様子ならわかるけど。この時点では未知の世界。

とりあえず、書いてある分量の牛乳を入れてみたが、かなりやわらかくなってしま

った。

「焼いたら、溶けちゃうかも……」

不安なまま、かなりベタつくタネをまるめ始めた。やや大きくなってしまった玉ねぎのみじん切りが、肉から飛び出てくるのを押し込みながら、

「小判型っ！」

と、精神力でどうにかまるめ、書いてあるとおり真ん中をへコませた。でもルックスは、ハンバーグというより、さつま揚げだ。

まるめたものを片手にのせたまま、もう一方の手で、慌ててフライパンを火にかけ、サラダ油を注ぎ――これも「分量外」とあるから悩ましいが――持っているハンバーグのタネを、そこにポンッ、と落とした。

溶ける様子はない……よかった。けれど、ジュー！　とも言わない。

「火が、ぬるい？」

中火ってこのぐらいだよね？　とフライパンの下をのぞいたそのとき、なにかが顔に向かって飛んできた！

「うぁっちぃ！」

私はびっくりして、後ろに飛びのいて、せまいキッチンだから壁にドン！　と背中からぶつかった。突如として、フライパンの中はバチバチバチッ！　と、うるさいぐ

らいに鳴りだした。フライパンに水が残っていたようだ。

「こっ、恐いっ」

ハンバーグを遠まきに見て、思わず言った。油が花火のようにフライパンの上で飛び跳ねていて、恐くて近づけない。料理って、こんなに心臓に悪いものだったっけ？

「あっ、そうだ、フタをするんだった！」

私は思い出して、フタを持つと、引き腰で、投げるようにして油が飛び跳ねているフライパンにそれをかぶせた。こもった音に変わっても相変わらず騒がしいが、とりあえず熱いものは飛んでこなくなったので、ホッとした。

フタをしたフライパンを見つめ、私はしばらく放心状態で立っていた。ハンバーグは、お弁当のおかずとしてもポピュラーだけど、日本中、いや世界中のお母さんが、朝からこんな激しいものを作ってるの？　と信じられなかった。

そんなことを考えていた私は、ハッと我に返った。

「あっ、裏返さなきゃいけないんだ」

何分ぐらいで、ひっくり返すんだっけ？　とレシピを見ると、

『片面を二、三分焼いて、裏返してからフタをして、七分から九分』

とある。やばい、手順から思いっきり逸《そ》れてしまった。フタをしたのが早かったし、もう五分以上経っている。慌ててフタを取ると、ハンバーグの表面は灰色になってい

る。音も「バチバチ」でなくて「ジリジリ」に変わっていて、妙に静かだ。

「ステーキハウスの匂いがする……」

意味不明なことを呟《つぶや》きながら、恐る恐るフライ返しでひっくり返してみると、やはり、焦げていた。焼き魚の皮が焦げているぐらいの焦げだから、食べられる範囲だろう。あまり見たくないから、またフタをした。

「お願い……」

どうにか、逸れた道から、本線にもどってくれ！　とりあえず、タイマーをセットして、私は祈りながらフライパンを見つめることしかできなかった。

七分後、ドキドキしてフタを開けると、そこにあったのは……、

「肉団子？」

だった。手榴弾《しゅりゅうだん》のような形にふくらんでいる巨大な肉団子を見て、目の前でなにが起こっているのか、よくわからなかった。ひとつだけ確かなのは、

「これは、ゴールじゃない」

ということだった。私は火を止めると、それをトングでフライパンから取り上げて、皿の上に置き、未知の創造物かのようにハ方からまじまじと見た。どっから見てもゴールじゃないと確信すると、このあとフライパンで丁寧にソースを作る必要もないように思えてきた。

「ケチャップかけて、食べればいいか……」

疲れきっている私は、うなだれて、敗者がスタジアムから去るように、キッチンからテーブルへとそれを持っていった。

腰を下ろして、目の前にある、肉団子しかのっていない皿を見つめ、付け合わせのブロッコリーをゆでるのも、プチトマトを洗って添えるのも忘れていたことに、今さら気づいた。しかし、この宇宙から飛んで来たような物体に、今からそれをお供えする気力は、残っていなかった。チンしておいた「サカイのごはん」だけを、巨大肉団子のよこに盛って、

「いただきます……」

私は、それに頭を下げた。お昼の弁当と、あまり変わらない気がするが、大きく違うのは色だ。

「黒いな」

と思いながら、その物体にナイフを入れた次の瞬間、ドピュッ！　とピンクの汁が飛び出して、

「うわっ！」

それを顔に浴びた私は、また部屋の壁に頭を打ち付けたのだった。

週明け、私の報告に耳を傾けている米川さんの表情は、ホラーを聞いているかのようになっている。

「で、食べたの、その隕石《いんせき》肉団子？」

いちお、と私はうなずいた。

「シュウマイと同じひき肉だとは思えないぐらい、カッチカチでした。なのに中が生なんですよ！　あんなに焼いたのに！」

しかたがないから火が通るまでチンしたら、よけい硬くなっちゃったと、私は首をよこにふった。

「ゴールでもないし、ハンバーグでもない。未知との遭遇でした」

そして、ナビであるはずの料理本をぱらぱらとめくった。

「まず、買った本が間違ってました。次はもっと簡単なレシピが出てるものに――」

すると今度は米川さんが首をよこにふった。

「どんな本を買っても同じ。うちにもごまんとあるよ、その手の料理本」

えっ、と私が驚くと、彼女はなにげなく、課長の机の方を肩越しに見ながら言った。

「今度こそは、と思っては買い。そのうち、本を買うだけで作らなくなるから。水澤さんはああ言ったけど、私たちにとって、それはナビではない」

私たちの会話が聞こえていたようで、課長は書類から目を離さずに同意した。

「米川さんの言うとおり。料理本、それは私たちにとって写真集と同じ」

「写真集？」

と聞き返すと、課長は顔をあげて私を見た。

「そう。南国の海や、アイドルを写真で見て、うっとりして楽しむのと同じ。自分には手が届かない世界を見るもの」

米川さんはうなずく。

「私も、回鍋肉《ホイコーロー》のビッグファンだ、ぐらいでそれを見てる」

課長は、ちらっと隣の課を見た。

「水澤さんが言うように、あなたにはまだ希望があるかもしれないから、この前は言わなかったけど」

「ハンバーグ作って、隕石団子じゃ、ね」

米川さんと課長は、目を合わせている。

「あなたは、こっち側の人間よ」

課長は手に持っていたハンコを、ポン！　と書類に押した。そして二人そろって、同情が入った笑みをこちらに向けた。

「……どうも」

文字通り判を押されて、なんと返していいかわからず、私は会釈した。料理ができない人間は、一生料理ができないのか？　その答えは、目の前の二人を見ればわかることだった。

帰りの電車の中で、ネットニュースを流し見していたら、料理研究家の対談記事が目にとまった。

『料理が苦手なら、無理にやる必要はない』

そんなことを言う人がいるんだ？　と、驚いて読み進めると、仕事と家庭の両方をがんばっている人向けの記事であるようだった。

『必ずしも家庭料理が健康に良いとは限らない。こだわらずテイクアウトや外食を上《う》手《ま》く利用するのも一つのやり方。料理をすることにストレスを感じて、おいしく食事ができなくなる方が問題』

などと語っている。料理研究家の人にそう言われると、それでいいんだ、と救われる。どちらかというと課長に読ませたい記事だけれど、さらに読み進めると、ストレスを感じずに気楽に作れる簡単レシピ、というものが最後に出ていた。

「なんだ。結局、作るんじゃん」

と、思ったが、このレシピだって、私たちに上手く作れるか、定かじゃない。課長と米川さんがうなずいている絵が浮かんだ。

　私の場合は、作ってあげなきゃいけない家族がいるわけではないし、健康に関してそこまで心配しているわけでもない。「家で作るごはん」が大好物、というだけ。それを自分で作れないとなると、嫌でも実家にもどるか、他に作ってくれる人を探すしかない。米川さんのようにディスってないで、料理男子の彼氏を見つけるしかないのかも。

　でも、そういう男子をゲットするにはまず、

「女を磨かなきゃいけない、か」

　私は電車の窓ガラスに映っている自分を見た。そっちも、なかなか難しそうだ。課長ほどじゃないけれど、私もメイクがうまい方ではないし、魅力的な体形づくりのために炭水化物抜きができる人でもない。プチ整形なんてのも、ワクチンの注射ですら震えるのに、できるわけない。私は隣に立っている女性をチラッと見た。夕方なのにまとめ髪は乱れることなく、服もよれっとしていない。スマホを持ってる指のネイルも完璧《かんぺき》。チークもマスカラもしっかりのっていて仕事が終わってから直したのだろう、これからデートかなと思う。

　料理と同じく、人生のゴールも、ちゃんとイメージできている人は、ずっと前からそれに向かって、レシピどおりに手順をふんで逸《そ》れることなく進んでいる。ママも、そういう人だ。

でもこの私が、急に女を磨こうと慌ててなにかやったところで、隕石肉団子と同じで、とんでもない仕上がりになるのがおちだ……。なんだか、よけい落ち込んできた。簡単レシピを読む気力もなく、スマホをカバンにしまった。

「こだわらずに、外食を利用する」

という言葉だけ唱えながら、スーパーで安くなっていたお弁当を買って帰ってきて、それをチンもせずに食べながら、テーブルの上に投げ出してあった例の料理本をぱらぱらと見る。この本のレシピを二度と作ろうとは思わないから、逆に気楽に見られる。

「このチキン南蛮、おいしそー」

料理本は写真集、と課長が言う意味がわかってきた。作ろうと思わなければ、ビジュアルを見ているだけで癒《いや》される。子供の頃、ママのお菓子作りの本を眺めていたのと同じ感覚だ。そういえば、最近は暇つぶしに、グルメ系の番組や動画を観ることも多くなってきた。以前は興味なかったのに。

私はお弁当の容器を洗って捨てると、タブレットを出してきて、おいしそうなものを紹介しているテレビ番組やYouTubeがないか、探し始めた。現実の食生活で物足りない部分を、うっとりできる画像や映像で埋めるしかない、と検索しているうちに……。

癒されるのとは違う、ある「物」を見つけてしまった。それは、料理動画の合間に流れる広告が、紹介している商品だった。

「へー、こんなのが、あるんだ」

画面に映っている、形がちょっとおしゃれな電気炊飯器みたいなものを見つめ、商品説明のナレーションに私は耳を傾けていた。

「本日ご紹介するのは、大人気商品、四十五万台突破の『かんたん電気調理鍋《なべ》ポットマジック2』！　材料を入れて、ポン、とボタンを押すだけ。アッと驚くマジックを見たかのように、おかずやご飯が目の前に現れます！」

次の瞬間、その電気調理鍋のフタがパカッ、と開いて、飴色《あめいろ》にコッテリと煮上がった、めちゃくちゃおいしそうな豚の角煮が、湯気をたててドーン！　と現れた。

「圧力調理、蒸し料理、無水料理、煮物、炒《いた》め物、なんでもできて、一台八役。手間のかかる料理もこれ一台で、簡単にできちゃいます！　材料を入れて、ボタンを押して、はい終わり。あとは食べるだけ！　豚の角煮、さばの味噌《みそ》煮、おでん、シチュー、筑前《ちくぜん》煮、ロールキャベツ、アクアパッツァも、メニューを選んでボタンを押すだけ、あとはほったらかし！」

続けて、食材や調味料を鍋に無造作に放りこむ映像があって、ボタンを押しては、フタを開ける度に、次々とおいしそうにできあがった料理が現れるカット映像が流れた。

「時間、加熱、圧力調整、全て自動だから、生煮えだったり焦がすこともありません。調理時間も半分以下、忙しい日の夕飯でも御馳走《ごちそう》がマジックのように食卓に並びます！　容量も大きくなって、一週間分のおかずの作り置きも、あっと言う間にできちゃいます！」

鯛《たい》のかぶと煮、シーフードパスタ、五目ご飯、ぜんざいまで、フタを開けると現れる。できたものがお皿に盛られて、ずらりと並び、

「自動調理メニューは八十品目以上！　もちろんレシピ集も付いてます！　お手入れも簡単——」

私はその広告を、頭からもう一度再生して、見直した。そして、自分に言った。

「もしかして……私に必要なのって、これじゃない？」

この鍋があれば、自分でごはんを、簡単に作れるんじゃないの？　生煮えだったり、焦がすこともない、と言ってるよ？

「そっか」

私は、手をポン、と打った。私に必要だったのは、ナビでも技術でもなく、

「『道具』だったんだ！」

興奮してきて、その商品の名前を検索にかけて、徹底的に調べ始めた。コメントを読むと、

『料理ができない私も、ポットマジック2で、なんでも作れるようになりました』

とある。私は手ごたえを感じていた。

「絶対、これだ」

これが突破口になるような気がする。ほったらかしで何でもできるということは、自動運転の車のように、勝手にゴールに行ってくれるということだ。八十品目も作れたら飽きることもない。ちょっと高いけれども、買ってみる価値はある。デザインも悪くないし。

「今買うと、ポイントも付くし。四割引きだし」

私は迷うことなく、それを、ポチッとした。

「料理問題を解決する、すっごく、いいものを買ったんです！」

お昼休みに、さっそく私は米川さんに報告した。私の向かいで、天ざるセットを食べていた彼女は、箸《はし》を止めて私を見た。

「全自動で、なんでもできちゃう鍋なんです。シチューでも炒め物でも」

彼女は無表情で私に聞いた。

「高いやつ？」

そこそこ、と私は答えた。彼女は、小さくうなずいた。

「よかったじゃない」

そして、またおそばを食べ始めた。さっぱりした対応がちょっと気になるが、そういうものに興味がないから想像がつかないのだろう、と思った。

「さっそく届いた鍋で、週末に豚の角煮を作ったんですけど、めっちゃくちゃ、おいしかったです」

米川さんは、微笑んで私を見て、

「よかったじゃない」

と、また言ったが今度は箸を止めなかった。食いつきが悪いので、私もそれ以上話すのをやめた。米川さんは黙々と、天ざるセットをたいらげると、おそば屋の店員に、そば湯を頼んだ。そしてランチタイムで混んでいる店内を、ちょっと見やってから私を見た。

「そのお鍋で、どうしてお弁当を作ってこなかったの?」

一緒にお昼に行く? と米川さんに誘われて、ためらわずについてきた私は、その質問に返した。

「昨日、お買物に行けなかったんで。けっこう材料が必要なんですよ、どのメニューも」

米川さんは、前より大きくうなずいた。そして、

「がんばって」

とだけ言って、そば湯をすすった。

米川さんの反応がちょっと気にはなったけれど、ポットマジック2で作った豚の角煮と、アクアパッツァは、本当においしかった。他のメニューも作って、彼女が言うようにお弁当に持ってこようと思ってはいるけれど、意外と材料をそろえたり、洗ったり切ったりを考えると、

「ま、今日はいっか、外食で」

となってしまうのだった。とはいえ、キッチンにそれがあるのは心強かった。ご飯も炊けるので、二度ほどそれで炊いてみたけれど、実家から譲ってもらった炊飯器の方が、やはりご飯はおいしく炊けるようだ。お腹が空《す》いて帰ってくれば、炊くのを待ってはいられないから、結局サカイのごはんになってしまうのだけれど。ぜんざいは作ってみたいなと、あずき豆は買ってきて、それのよこに置いてある。

しばらくして、再びおそば屋にお昼を食べに行ったとき、思い出したように米川さんが聞いてきた。

「そういえば、鍋は使ってる?」

「鍋?」

「この前、買ったって言ってた」

ああ、と私は返した。

「あまり。仕事も忙しいんで」

やっぱり、と米川さんが呟《つぶや》くのを私は聞き逃さなかった。

「やっぱりって、どういうことですか？」

と聞き返した。けれど米川さんは、私ではなく隣に座っている課長に言った。

「彼女も、買っちゃったんですよ、『なんでもできちゃう鍋』」

天ざるセットを食べていた課長は、驚いたように私の方を見て聞いた。

「『ボタン押すだけ』？」

私は、うなずいた。

「あーあ、買っちゃったか、ポットマジック」

課長は、私が仕事で失敗したときよりも渋い顔をしている。私は、どういうことですか？　と説明を求めるように自分の隣にいる水澤さんを見た。にしんそばを食べていた水澤さんは、あわれむような顔で私に教えてくれた。

「課長も米川さんも、持ってるの。同じ鍋《なべ》」

えっ！　と私は驚いて向かいの二人を見た。

「買う前に言ってくれたら、あげたのに。私も一、二度しか使ってない」

と米川さん。課長は首をよこにふった。

「私は、あげないけどね。料理本が写真集だとしたら、あの鍋は、オブジェだから。使わないで鑑賞するもの。いつか料理ができるようになるかもしれないという『希望』を表現している、オブジェ」

と課長は遠い目になっている。

「床の間に飾る、金の茶釜《ちゃがま》みたいなものかな」

「茶釜ほど高くないけど、安くもない」

米川さんが言って、私は、知ってます、とうなずいた。

「課長のキッチンは……オブジェだらけだから」

と、米川さんは見たことがあるのか、苦笑する。

「否定はしないわよ。百円ショップで買った、ヒモ引っぱるだけでみじん切りができるグッズも、レンチンでなんでもできるというシリコン容器も、両面焼きフライパンも、野菜がヌードル状に切れるカッターも、ゆで玉子と蒸し物が同時にできる調理器『ミラクルエッグ』も――」

使ってないキッチンツールを、課長はお経を読むように連ねて、

「みーんな、オブジェ」

と達観した表情で断言する。私も、遠慮がちに手を挙げた。

「ヒモ引っぱるだけでみじん切り、持ってます。同じく、使ってないです」

それ、私は姪《めい》っ子《こ》にあげた、と米川さん。

「なんで、そういうもの買うかなぁ」

水澤さんだけが、わからんと言うように首を傾げる。

「だいたい、ポットマジックがあれば、ミラクルエッグはいらないですよね？　似たようなものだもの」

「それは！　ミラクルエッグは小さいのよ、ポットマジックより。だから、もっと気楽に使えるかと思って」

課長は大きさを手で表して言い訳したが、三人が黙っていると、どっちにしろ使ってません、と自ら負けを認めた。そんな上司を見ていたら、自分のキッチンのことも心配になってきた。

「実は、うちのミニキッチンも、ポットマジックと炊飯器と、そのみじん切りチョッパーと、二つに折れる便利まな板と、カフェオレ作るミルクフォーマーで、もうなにも置けなくなっちゃって、困ってるんです」

水澤さんは、首をよこにふって諭した。

「独り暮らしなんだから。よく切れる包丁一本と、ココットみたいな厚手の鍋が一つあれば、たいがいそれですむのに」

私、米川さん、課長は、目を合わせた。

「それで料理ができるなら」

「買ってない。ポットマジック」

「他、全部」

私たちは、天ざるセットに目をもどすと、黙々とそばをすすり始めた。水澤さんは、うなるようにため息をついて、にしんそばを食べ始めた。

「……ココットも、持ってる」

海老《えび》の尻尾《しっぽ》を皿に置いて、課長が呟いた。

料理ができない人に必要なのは、「道具」ではなかった。高い勉強代だったが、あっけなくそれはわかった。他に代わる希望もなく、「料理ができない人間は一生できない説」が、また有力になってきた。

そして、金曜の夜。仕事が退《ひ》けると、私は複雑な表情で自分のマンションではなく、実家のある駅に向かう電車に、乗っていた。

今週は体調不良で欠勤する人が重なり、まだまだ慣れていない私にまで難しい仕事がまわってきて、大忙しだった。米川さんも課長もさすがにピリピリしていて、不手際を指摘されることも多く、精神的にも体力的にも消耗した。食事に関しても、作るとか作らないの話じゃなくて、まともに食べられたら良い方だった。

もちろん昼食を外に食べに行く時間などないし、朝にコンビニで買っておいたものすら食べられなかったりする。夜はへろへろになって帰ってきて、道にあるコンビニかスーパーでお弁当かカップラーメンを買うのがせいいっぱい。朝は一分でも寝ていたくて、朝食抜きになる。こういうときにかぎってママも食品を送ってきてくれない。そんな状況でろくに食べていなかったら、週の後半には米川さんに、

「顔色悪いよ、大丈夫？　あなたまで倒れないでよね」

と言われた。これは、やばい。使えないけど、元気であることだけが取柄の私。とにかく食べなきゃ、と部屋に帰って、レトルトのカレーを『サカイのごはん』の上にかけて食べようとしたけれど、

「……ダメだ」

半分以上残して、キッチンに持っていった。お腹は空《す》いているのに、食べられない。心身ともに、いっぱいいっぱいなのが、胃にも影響しているのだろう。ごめんなさい、とカレーをゴミ箱に捨てながら、私はオブジェと化している「ポットマジック2」を、チラッと見た。

多忙でも課長は、パソコンを打ちながらゴリラのようにバナナを頬張り、図面と見積書を両脇に抱え、シリアルバーとチョコバーを一度にくわえて、打合せに出かけて

いく。

米川さんも、日中はマックスで働いているが、夜には、「今日は飲みに行くから。以降、連絡しないで！」と、切り上げる強さがある。でも、私は？

「これじゃ、仕事だけの人間にすら、なれないかも」

キッチンからもどってくると、私はベッドに倒れた。研修1年目も大変だったけれど、体調を崩さずにそこそこ仕事ができたのは、実家から通っていたからかもしれない。疲れていても、家に帰ってお風呂《ふろ》に入って、ごはん食べて、自分の時間を少しでも持てたから。今は帰ってきたら、そのままベッドに倒れることもできるけど、ダラダラしていられるけど、これを続けていたら、どうなってしまうのだろう……。枕にうっ伏していると、グーとお腹が鳴った。

「……おなか、すいた」

昨夜は、そんな不安に襲われてしまい、今週末は不本意ながら、禁を破って実家に帰ることにした。変に意地を張り、仕事ができなくなってクビにでもなったら元も子もない。

「やむなし」

都心から下っていく電車の中で、つり革を握りながら私はため息をついた。敵の思うツボかもしれないし、間違ってる選択かもしれない。けれど、体力が落ちると人間は、ねばり強く考える気力もなくなる。

前に座っていた人が降りて、ラッキー、と私はその座席に座った。やれやれと息をついて、帰宅ラッシュで混んでいる車内を下から眺める余裕が出た。そして、なんだかんだ自分は実家に帰りたいだけなのでは？　と思った。

ごはんを食べに帰るのではなくて、単にホッとしたいだけ。元気なときは、独り暮らしを謳歌《おうか》していたけど、疲れてきたら、癒《いや》してくれる家族がいるところにもどりたくなったのでは？　そうだとしたら、まだまだ自立できていないということだ。この歳で、こんなことでいいのだろうか。でも、自立って、どうやってするものなのだろう。

どうやったら料理がうまくなるのか、その疑問と重なる。ぼんやりとそんなことを思っているうちに、電車は速度をゆるめて、他の線が乗り入れている乗換駅の名がアナウンスされた。

それを聞きながら、懐かしいなぁ、と私はよこを向いて肩越しにホームを見た。実家にいた頃は、ここから乗り換えて、支店の郵便局に通っていた。まだ半年しか経っていないのに、遠い昔のことのように思う。

あの頃は、どんなスケジュールだったっけ？　と窓口で働いていたときの一日を思い出していたら、毎日、お昼ごはんを食べていた社員食堂の風景がなによりも先に、パッと浮かんだ。あそこの社員食堂は、つぶれることはなさそうだ。集配局なので、配達業務や時間外窓口などに携わるスタッフのために、昼だけでなく夜もやっている社員食堂。だから本社のそれとは対照的に、とても賑《にぎ》わっていた。

電車は止まり、扉が開いて、ドッと人が降り始めた。同時に、都会とは違う新鮮な空気が入ってきた。

「夜もやってる……」

ハッとして、スマホで時間を確認した。

ぜんぜん、間に合う！

私は、前に立っている人を驚かして立ち上がると、

「すみませんっ！」

と閉まろうとしている扉の隙間からぎりぎり飛び出した。そして実家とは違う方向のホームへと向かっていた。

第三話

ハイレベルＢＢＱ

社員食堂と言っても、本社と支店の郵便局とでは雰囲気がまったく違うから、面白い。鰹出汁《かつおだし》のいい匂いがする広々とした食堂を、久しぶりに私は見渡した。本社の社員食堂は、一応は都心のビルの中にあるから、内装はカフェ風の小洒落《こじゃれ》た感じではあった……と、過去系になってしまったのが残念だが、比べてここは「食べる」ということにフォーカスされているから、殺風景。昭和の時代から変わっていないようなオレンジや黄緑色のプラスチックのトレーが積み重ねられていて、床を引きずるイスの音もギコギコうるさいが、この感じ、嫌いではない。

ごはんを食べている人間の雰囲気も、本社とは違う。集配営業部の社員やスタッフが多いので、スーツよりユニフォーム姿の人たちがほとんど。暑い日も寒い日も、郵便物を積んだバイクや車で担当エリアを走り回っている人たちだから、体力勝負で活気がある。時間に関係なく、自分のシフトに合わせて、ここでガッツリ食べていく。そんなところも、「食べる」にフォーカスしていると感じる。ごはんの盛りも、本社よりボリュームがあるのは確かだ。

「あらっ？　本社にもどったんじゃなかった？」

カウンターよこに掲げてある「本日のメニュー」を見ていたら声をかけられて、私は顔をあげた。調理スタッフのおばちゃんだ。一年間、ほぼ毎日お昼ごはんはここで食べていたから、顔は覚えられていた。

「あ、ごぶさたしてます」

「なんか、やらかしたの？」

「さっき窓口でも同じこと言われました」

ここが目的地ではあったが、さすがに直行するのは社員としていかがなもんかと思われるので、まずはお世話になった元職場に挨拶《あいさつ》に行ってから来た。残業で残っていた上司やスタッフは、私の突然の訪問に驚き、まったく同じセリフが飛んできた。自分がダメな新人だったことを、嫌でも再認識する。

「近くを通ったので、久しぶりにこちらで夕飯を食べて帰ろうかと」

「嬉《うれ》しいじゃない。いつでもいらっしゃい。コロッケ定食ね！」

私が差し出す食券のチケットを見て、おばちゃんは速やかに準備を始めてくれた。

冷凍庫からコロッケを出してきて、フライヤーに投じると、最初はシュワシュワとあぶくが出てきて、じきにパチパチと軽やかな音がし始めた。同じ油の音でも、私がハンバーグを焼いたときの音とは大違いだ。小川のせせらぎのように聞こえる。コロッケを揚げている間にお皿には、パリッと水にさらされた糸のように細い千切りキャベツが山盛りのせられて、キュウリとトマトが添えられる。副菜の小鉢はきんぴらごぼう、あとはお味噌《みそ》汁と、追加した冷ややっこ。そして大きな炊飯器から真っ白なごはんが、しゃもじで一度に適正量盛られて、トレーに並ぶ。

流れるようなおばちゃんの作業を見て、うっとりとしてしまう。料理の本は写真集、という課長の言葉がここでも浮かぶ。上手な人が料理を作っているのを見るのは、プロのバレリーナの舞台を観るのと同じ。間違っても、自分にできると思っちゃいけない。できないからこそ、揚げ油に触れるぎりぎりで冷凍コロッケを投じるおばちゃんの美しい動きに、感嘆のため息がでる。

高温であっという間に揚がった黄金色のコロッケは、見ろとばかりに荒いパン粉の衣をトゲトゲさせて、キャベツのよこに鎮座した。

「はい、どうぞ。ごはん、おかわりしてってね!」

と言うおばちゃんから、私は定食がのったトレーを受け取った。

「おいしそう! ありがとうございます」

そして、この社食ではカウンターの上にある特製オリジナルソースをセルフで料理にかける、というシステムになっているのを思い出した。

「これも、久しぶり」

と、艶《つや》やかなソースがなみなみと入っているプラスチック容器から、専用の小さな

お玉で、私はそれをすくった。そのとき、

「あっ、ソースちゃんだ！」

と男性の声がした。

ソースちゃん？　私は声の方をふり向いた。

「あ……」

配達員のユニフォームを着ている、若い男。と言っても三十ぐらいで、やや、ぽっちゃりとした顔に、似合わない猫のような鋭い眼光。体はがっちりとしていて、いかにもバイク配達のスタッフという感じ。面識はあるが、この社員食堂で何度か話をしたことがあるだけで、付けてる名札で、「春山《はるやま》」さんだということぐらいしか知らない。

「あ、どうも」

私は小さく会釈した。

「最近見ないから、どうしたのかなと思ってたんだ」

「春から、本社勤務になったんで」

「えっ！　ソースちゃんって、本社雇いの人なの？」

と彼は、トレーを片手に驚いている。

「おれと同じバイトスタッフの人だと思ってた」

それに対して、なんと返そうかと考えていると、彼は笑顔になって、私がソースにひたしているお玉を指した。

「どうぞ、かけて、かけて」

私もお玉を見て、あっ、そうか、と思い出した。彼と顔見知りになったのも、このソースがきっかけだった。


初めてこの社員食堂に来た日、やはりコロッケ定食を頼んだときのことだった。勝手がよくわからず、もたもたしながら定食を受け取って、そのままカウンターを離れようとした私を、後ろに並んでいた彼が、引き留めたのだ。

「ちょっと待って！　ソースはここでかけるって、知ってる？」

私は、驚いて彼をふりかえり見た。彼はソースの容器を指して、

「ここでブレンドしてる『特製オリジナルソース』なんだよ。好きなだけ、どうぞ」

教えてくれたのだ。

「あ、そうなんですか！」

と、私は慌てて、言われたようにお玉でソースをすくって、かけた。……ところが、ママに「ストップ！」と言われるまで、ソースもケチャップもかけるのが習慣になっている私は、このときも、止める人がいないので、コロッケが見えなくなるほどかけ

てしまったのだ。

やばい、やっちゃった！　と思ったときは遅く、調理スタッフのおばちゃんや、まわりの人はそれを見て、目が点になっている。すると、教えてくれた彼が言ったのだ。

「いいかけっぷりだね！　そこまでかけるヤツは、そういない」

私は、その言葉と彼の笑顔に救われて、ホッとしたのだった。

そのソースだらけコロッケを食べると、かけすぎであることに間違いはなかったけど、特製ソースなだけに（トンカツソースとウスターソースの中間で、他にもなにか入っているらしく、甘くて）大変おいしかった。それ以来、ここではソースを好きなだけたっぷりかけるようになった。

以降、彼と社食で会えば、挨拶したり、メニューの話などをしたこともあったが、まさか彼に「ソースちゃん」と呼ばれていたとは、知らなかった。

「そうなんです、私、本社雇いの人間なんです。えーと、本社の社食には、こんな、おいしいソースないです」

自分でもなにを言っているかよくわからないが、彼、春山さんにそう返して、私はいつものようにソースをたっぷりコロッケにかけた。春山さんは、興味を持ったような表情で返した。

「あっそう。このソースは、うちの社食だけなんだ？」

「本社も揚げ物はおいしくて、アジフライ定食は絶品でした。過去系なのは、閉店しちゃったからなんですが」

「社食が？　閉店？　そんなことあるの？」

と彼は驚いている。

「本社も、色々と切り詰めてまして」

「だろうね。この局も人が足りないのに、バイト増やさないもんね」

彼は自分の定食が用意されるのを待ちながら、うなずいていたが、ふと、こちらを見た。

「社食がなくなったから、わざわざここに食べに来たの？」

向こうは冗談かもしれないが、鋭い問いに、一瞬、返事に詰まった。

「いえ、ちょっと仕事で近くを通ったんで……挨拶に。せっかくなんで、久しぶりにここで食べようかなと」

どうにかごまかした。春山さんは、ふーん、と疑う様子もなく私の顔を見て、

「仕事って、本社はどこの所属なの？」

と、尋ねてきた。

「不動産部です」

と私は返した。瞬間、彼の眼がきらりと輝いた。

「不動産部なの？　ソースちゃん？」

その鋭い眼光に捉《とら》えられて、私はかなり小さくうなずいた。彼はじっとこちらを見つめていたが、聞いた。

「週末って、空いてる？」

「週末？」

意味がわからず聞き返すと、

「配達や窓口のバイト仲間で、日曜にバーベキューをやるんだけど。ソースちゃんも来ない？」

彼は真剣な表情で言った。

私にとって、おそらくラッキーな週末になった、と思う。まず、実家に帰らずにすんだ。おまけに、できたてのごはんが食べられる……ことになると思う。これからそれが用意されるわけだけど。

日曜日、春山さんに言われた時間に、支店局の最寄り駅に行くと、車が数台迎えに来ていて、それに乗って一時間ほど知らない道を走って、後半は山道を登って着いた場所は、紅葉はまだ始まっていないけれど、秋の花などが咲いているきれいな渓谷だった。もし彼と自分の二人だけだったら、絶対に殺されるであろう、という道のりと到着地だが、集合のときから十数人という大所帯なので、それはなさそうだった。

その中には、窓口で一緒に働いていた女性スタッフもいて、私の顔を見ると驚いてこちらにやってきた。

「えっ、持田さん？　なんで、ここにいるの？」

「あ、東野《ひがしの》さん！　お久しぶりです。私も、なんでいるのかわからないのですが」

と返しながら、車から荷物をせっせと下ろしている春山さんを指した。

「金曜に、あの人に誘われて……」

「春っちに？」

春っちと呼ばれているらしい。彼の説明では、集配営業部で働いているバイト仲間で草野球をやっていて、たまに、他の社員や窓口のスタッフにも声をかけて、花見に行ったりバーベキューをやるそうだ。そのグループの集いに、私も誘われたというわけだ。春山さんと東野さん以外に覚えている顔はなかったけれど、みんな和気あいあいとしていて、私が一年間働いていたところにいた人たちとは思えなかった。当時の私に、他部署の人の顔まで見ている余裕がなかったのもあるけれど。

にしても、なんでまた彼は突然、私をその集いに誘ったのか？　社員食堂で彼に問い返したところ、

「不動産部の人に、相談したいことがある」

と彼は真顔で言った。よかったら、バーベキューをしながら、その相談をしたいと。

私は慌てて、

「まだ不動産部の仕事のことをなにもわかってないので、相談されても困ります」

と断ったが、聞くだけ聞いて欲しいと言うので、しかたなくバーベキューに参加することになった。いや、しかたなく、は嘘。「バーベキュー」という言葉に魅了されて、来てしまったことは否めない。

バーベキュー。それも、私が愛する、手作りのできたてのごはんであることに違いはない。さらに、一日中なんか作って食べている、というイメージだ。この誘いを断れるわけがないではないか。

金曜は、久しぶりに社員食堂で大好きなコロッケ定食を食べることができたし、土曜はコンビニでどうにかしのいで、今日は、春山さんの言う「相談」がなんなのか、ドキドキしながらもワクワクしてやってきた私だ。

バーベキューは、大学時代にも友だちと何度かやったことがある。料理が苦手であっても、当たり障りのない洗い物やゴミ捨て、買い出しなどのお手伝いにまわればいいとわかっている。また、料理が上手《うま》い人たちに、どんどん食べて！　と言われて食べることが自分の役割になることも、知っている。いわゆる「食べ要員」ってやつだ。

そのように今回も準備を手伝うことにした。

車から荷物を下ろすと支店局チームは、この辺りにしよう、と眺めが美しいロケーションを選んで河原に陣取り、休むことなく準備を始めた。大学生とは違って、さすがに要領がいい。慣れたてつきで鉄板やグリルを置き、テキパキと火をおこし、簡易テーブルを広げ、お酒や飲み物、すぐに食べられるおつまみなどをもう並べている。

「あの、なにかお手伝いすることとありますか？」

私は、クーラーボックスから野菜などを出している年配の女性に声をかけた。彼女は、ありがとう、と笑顔でビン詰めのようなものをいくつか出した。

「ピクルス作ってきたから、これもおつまみのところに出しといてくれる？　あと、残ったピクルス液は濃く作ってあるから、焼きもの班のところでオリーブ油をもらって、それで適当にドレッシング作ってください。サラダにするロメインレタスとルッコラは洗ったものがクーラーボックスに入ってるから」

私は渡されたビンを手に持ったまま、固まった。ピクルスの液で、ドレッシング？てきとーに？　ロメ……？　情報が処理できなくて瞬《まばた》きをしていると、今度は長髪を後ろで結わえた長身の男性がこちらにやってきた。

「新顔さん！　悪いけど、それが終わったら、こっちも手伝ってもらえるかな？」

と言って、私の空いてる方の手に、とてもいい匂いがする袋を渡した。

「クミンとコリアンダーとカルダモンとフェンネルなんだけど、石かなんかで潰《つぶ》しておいてもらえます？」

「いし……？」

私が目を大きくして相手を見ると、彼はアッハッハと笑った。

「死ぬほどあるから！　まな板か鉄板にスパイスのせて、まるっこい石で上から押せば、簡単に潰れるから」

私は石だらけの河原を見やった。

「カレー作るのに、それないと始まらないから」

と彼が言うので、私は恐る恐る聞いた。

「あの、カレーって、ルーで作るんじゃないんですか？」

春山さんよりは歳がいっているように見える三十代半ばぐらいの彼はやさしく微笑んで返した。

「せっかくのバーベキューだから。それはないでしょう」

お願いね、と彼は急ぎ足で他の作業をしに行ってしまった。

「サラダの方は後でもいいわよ」

と私にピクルスのビンを渡した女性の声がして、そちらを向くと、彼女は別のクーラーボックスから、つきたての餅《もち》のような塊を出している。東野さんがそれを見て、

「わー、嬉《うれ》しい。今回も和代《かずよ》さんのパンが食べられるんだ！」

と喜んでいる。パン……ってことは、この餅みたいなのは、焼くとパンになるやつだ。

「パンまで、作るんですか？　ここで？」

私が驚いていると、その女性、和代さんはニコッと笑った。

「薪《まき》で焼くパンは格別よ！　楽しみにしててね」

私は右手にピクルスのビンを、左手に香り高いスパイスの袋を持って、呆然《ぼうぜん》と立ちつくしていたが、

「……えらいバーベキューに、来ちゃったな」

と、自分に言った。

「うわっ、めちゃおいしい！　このピクルス」

東野さんは私が並べるそばから、ワイン片手にピクルスをつまんでポリポリとおいしそうに食べている。人が作るものを食べては褒めまくっている彼女を見て、この人も「食べ要員」だな、と密《ひそ》かに思う。

「本社はどう？　忙しいですか？」

東野さんに聞かれて、私は深くうなずいた。

「そうですね、窓口も大変でしたけど。実家を出て独り暮らしも始めたので、色々と」

彼女は手を大きくふった。

「ダメだよ！　実家は出たらダメ！　私は出ない」

ますます、食べ要員だなと思う。試しに、ピクルス液でどうやってドレッシングを作ればいいのか彼女に聞いてみたら、「わかんない」と返ってきた。

「そういうのは、できる人にまかせればいいから。持田さんもワイン飲みなよ、ピクルスおいしいよ。あなた、必死でスパイスを潰してたから、お腹空《す》いたでしょ？」

はい、と私は素直にうなずいた。

スパイスは、菊池《きくち》さんと呼ばれている長髪の彼に言われたとおり、洗った河原の石で、懸命に粉状にした。できました！　と彼に持っていったら、

「細かっ！　もっと雑でよかったのに！」

と言われた。「カレー粉」を作るのだと思って、必死で粉状にしたのだが。これは最初に油に投入する粗挽きのスパイスで、粉状のスパイスは別にあって、後ほど加えるそうだ。外国語を聞いているかのように、よくわからないが、今は、彼が玉ねぎを炒《いた》めている鍋《なべ》から、私が潰したスパイスのなんともいい香りが、川面《かわも》から吹く風にのって流れてくる。レトルトのカレーとはまったく違う、やみつきになりそうな香り。

お腹がグーと鳴った。

「じゃ、遠慮なくいただきます」

東野さんに言って、私はピクルスを箸《はし》でつまんだ。

「おいしい！」

食感は新鮮な野菜なのに、しっかりと味があって、絶妙な酸味と甘さにこれまた感動をおぼえた。

「和代さん、このピクルスどうやって作るの？」

私がそれを聞こうとした、一瞬早く、東野さんが訊《たず》ねた。和代さんは黒い鉄鍋《てつなべ》に、パンになるやつを小さくまるめて詰めながら、

「ああ、それは――」

と、教えてくれようとしたが、

「教えたって、作らないよ」

グリル担当で、軍手をはめている春山さんが、こちらにやってきた。

「作らない人間にかぎって、なんでか聞くんだよな、そうやって」

春山さんに指摘されて、東野さんは不満げに返した。

「うるさい春っち。このぐらいなら私にも作れそう、って思ったんだよ」

「このぐらいでも作らないよ、東野さんは」

東野さんは、うっ、と言葉を詰まらせている。

「私だって、サラダぐらいは作ります」

と彼女はようやく反論したが、よこでワインを飲んでいる、よっちゃんと呼ばれている男性が、

「サラダって料理なの？」

と突っこんだ。

「料理しない人って、サラダと鍋だけは、なんでか作るのよね」

和代さんも笑って言う。

「それ食べとけば、体にいいと思ってるんだよ」

春山さんがとどめを刺して、東野さんは皆にいじられまくっている。

「はい、そのとおりですっ」

と本人も認めているが、彼らの言葉がグサグサと胸に刺さっているのは、彼女よりも私だった。

私もおいしいものを食べると、ママや、最近では水澤さんにレシピを聞いてしまうが、もちろん作った試しがない。そしてサラダだけは作って食べる。

「ちゃんとした料理も作ろうとは思ってるんだよ。でも、所詮《しょせん》はドリームだから」

東野さんが自虐的に言って、私もよこでうなずく。そう言えば、東野さんはどことなく米川さんに似ている。

「東野さん、もしかして『ポットマジック2』持ってます？」

彼女に思わず聞いてしまった。

「買おうとして、親に止められた。なんで？」

彼女は即答した。

「えーと、本社で流行《はや》ってるんです。一部の人の間で」

そんな私たちの会話を、春山さんは笑って聞いていたが、ワインとおつまみを持って、

「ソースちゃん、楽しんでくれてるみたいで、よかったよ」

グリルのところにもどっていった。

「はい、誘ってもらってよかったです」

私は、彼の背中に返してから、はたと気づいた。

「違うよ！　なんか私に、相談があるんじゃなかったっけ？」

私は本来の目的を思い出して、食べかけのピクルスをワインで流し込むと、彼を追いかけた。

「春山さん！」

彼が担当しているグリルの横には、石を積み上げて作った竈《かまど》もあって、その上では大鍋《おおなべ》がコトコトと鳴っている。そこに薪をくべていた彼は、なに？　と顔を上げた。

「あの、ご相談があるって。だから私、来たんですけど？」

「あ、そうだった！」

と、彼は立ち上がった。本当に忘れていたみたいだ。

「相談っていうのは」

彼は真剣な表情になって、私を見た。

「集配営業部の、なんていうか施設に関してなんだけど」

その目が鋭い光を放った。

「トイレを、作って欲しいんだ」

「トイレ？」

と私は、きょとんとした。

「うん。できたら、更衣室にも使えるような」

一年間しかそこにいなかったとはいえ、私も支店局の施設の概要は頭に入っている。持っている基本的な知識から、問い返した。

「集配営業部のフロアには、職員用のトイレと、更衣室もあると思いますが？」

春山さんは、軍手の手で鼻の下をこすって、ちょっと黙っていたけれど、ある方向に目をやった。その視線を追うと、スパイスを潰《つぶ》してくれと頼んできた長髪の彼、菊池さんが、和代さんと談笑しながらお肉を切っているのが見えた。

「カレーを作ってる彼ね、デカくてムサいけど、女の子なの、中身は」

「……そう、なんですか」

と私は改めて彼を見た。気づかなかったけれど、言われてみれば、仕草などで、そうだとわからなくもない。春山さんは、声を少し落として続けた。

「おれと同じく配達スタッフで、長いこと働いてたんだけど……男性用の更衣室で嫌なことがあったらしくて。半年前に辞めちゃったんだよ」

私は春山さんに視線をもどした。

「心は女性ってことを公にはしてなかったんで、おれたちも気づかなくて、可哀想なことしたなって」

彼も複雑な表情をしているが、

「女子の更衣室はあるけど。なかなか彼、いや、彼女みたいな人が理解を得て使うのは難しいし」

代名詞を言い直したのが印象的だった。

「そういうLGBTスタッフ用に、トイレ兼、更衣室みたいなのを、別個に作ってもらえないかなって」

窓口の方に多目的トイレはあるけど、お客様用だし、と彼は付け加えた。

「尊敬してた先輩が、それで辞めちゃうのを見てたらさ、こんなおれでも考えちゃうよ。バイト雇いでも、菊池さんを失ったことは、けっこうな痛手だった。配達先でまめに声かけて営業の仕事も取ってきたり、誰よりできる人なんだよ」

彼は、私の目を見て言った。

「一応、集配営業部の部長を通して、局長に対応を検討してもらえないかお願いしたんだけど。反応悪くて」

そして、人差し指を立てた。

「で、ソースちゃんが本社の不動産部だって聞いて、ひらめいたんだよ！　こういう環境整備的なことは、むしろ本社に直訴した方が、動いてくれるかもしれないって」

耳を傾けて、春山さんの話を聞いていた私は、

「なるほど……」

一応、どういう相談であるかは理解した。

私の部署、不動産部のマネジメント課が受け取る、全国の支社や支店局からのメールの中には、そういった建物に関しての改善の依頼もある。雨漏りの修繕や、滑りやすい床の張り替えとか、効きの悪い冷暖房設備の交換など。それらのメールに目をとおして、速やかに分類して、見積もりをお願いしたり、他の関連部署に転送したりする仕事を、まさに私はやっている。また、トランスジェンダー社員やスタッフに対する対応に関しては、本社でも大きな課題の一つとして最近はよく議題に上がってくる。

「そういった、ご相談でしたか」

でも、それも私にとっては、膨大にある仕事の中の情報の一つにすぎない。

「そうですか……」

どうにか返したが、その先が続かない。彼はこちらをじっと見て、言葉を待っている。その鼻の下に炭がうっすらついているが、それを指摘する余裕は、私にはなかった。

支店局で働いている人に、建物の改善の相談をされた。意味的には普段やっていることと大きな違いはないが、生身の人間に面と向かって「LGBT用トイレが欲しい」と言われるのは、百通のメールを読むより、インパクト大、だった。フタがされていて中になにが入っているのかわからない大鍋を、私はじっと見つめていたが、

「その要望は……一度、書面にしていただけますか」

ようやく、ひねり出した返答だった。今度は春山さんが、きょとんとしていた。

「書面、文章にしろってこと？　書くのは、おれでいいのかな？」

たぶん、と出かけた言葉をのんで、私はまた無言でうなずいた。

「わかった。じゃ、書いてみる」

と、彼は素直に了解してくれて、私はよけいに自分の発言が心配になってきた。書いてもらって……それで、どうすんだ？

一方、春山さんはどこかスッキリした顔で、鍋《なべ》の下にまた薪を足し始めた。私は、とにかく鼻の下に炭がついていることを教えようと、

「あの、春山さ――」

言いかけたとき、おもむろに彼が、その大鍋のフタを開けた。私は中のものを見て、びっくりした。

「ええっ！　ごはん？」

大量の白米。しかも、まだグツグツと煮立っている状態だ。驚くのはそれだけじゃなかった。春山さんは、お米をスプーンで少し取って口に入れて、ちょっと考えてから、手元にある水を少し加えて、また鍋にフタをしたのだ！　一連の彼の行動に、私が目を丸くしていると、彼がこちらを見た。

「なに？」

さすがに今度は速やかに言葉が出てきた。

「こんな鍋で、ごはんが炊けるんですか？　っていうか、今、フタ開けちゃってましたよね？」

「だから？」

「ごはんは、開けちゃ、ダメなんじゃないですか？　赤子泣いてもフタ取るなって」

春っちは、鼻の下に炭をつけたまま笑い始めた。

「大丈夫。今日は人数が多くて大量だし、この鍋は薄いから、様子を見ないと」

「様子？　えっ、ごはんも？」

そう、と彼はまたフタを開けて、中を見た。

「ああっ、ダメですよ！」

と私は、また声をあげた。私のリアクションに、春山さんは愉快そうに言う。

「そっか、ソースちゃんも東野さんの仲間か」

そして、鍋の中を見るよう、指した。

「あなたにとって、炊飯器の中はブラックボックスかもしれないけど。ごはんを炊くって、ただ米を水で煮てるだけのことだから。やわらかく煮れたらいいだけの話」

私は、恐る恐る鍋の中を見た。米を水で煮てるだけ？　ごはんを炊くことを、そんな風に考えたことは一度もなかった。

「すべては、炊飯器にまかせるものだと……」

「『フタを開けるな』って言うのは、もちろんその方がふっくら炊けるからだけど。ヘンに焦げたり、ベチャベチャになるよりは、こうやって、ときどき見た方がいいんじゃない？」

彼はそう言ってフタを閉めると、かまどの薪《まき》を少し減らした。私は衝撃を受けたまま、彼のやることをしばらくよこに突っ立って見つめていた。

「ちなみに、リゾットもパエリアも、フタをしないで作るけど、ウマいじゃない？」

「そうなんですか？」

「そうだよ。米も研がないけど……なんでなのかは、おれもわからん。その方がウマいからだろうね」

春山さんも、料理できる男子なんだな、と思った。

「そっかぁ。ごはんを炊くって、米を水で煮ることなんだ……」

私は鍋を見つめて、くり返していた。

「そういうこと」

彼はうなずいて、もういいかな、と鍋を火から下ろした。

「よし、次はパン。和代さんからパンの鍋をもらってきてくれる？」

はいっ！　と私は弟子のように、生のパンが入った黒い鍋を取りに走った。それを持ってもどってくると、春山さんは、薪が足されて見るからに火力が上がっている竈《かまど》にそれを置いた。

「これもびっくり。オーブンじゃなくても、パンって焼けるんですね」

「おれも和代さんに教わるまで、知らなかった」

「これも、途中でフタを開けて、様子を見るんですか？」

と聞くと、彼はチラッと和代さんの方を見て、

「前にそれをやったら、和代さんに『開けちゃダメーッ！』って、すっげえ怒られた」

と小声で明かした。そして風を送ってさらに火力を上げていった。黒い鉄の鍋が熱くなってくるのが、そばにいると輻射熱《ふくしゃねつ》でわかる。

「でもさ。ダメと言われても、粉をコネただけのものが、鍋の中でどうやってパンになっていくか、開けて見たくない？」

と、彼は言った。なにも返せなかったけれど、様子を見るって、変化を見るってことなのかもしれない。

「開けて、様子を見る……」

ハンバーグを作ったときのことを私は思い出していた。あのときは、フタを開けるのがめちゃくちゃ怖かった。確かに、炊飯器も『ポットマジック2』も私にはブラックボックス、中でなにが起きているのかわからないし、それは知らなくてもいいことで、むしろ見ちゃいけないことのように感じていた。でも、開けて見れば、米を水で煮ているだけのことだと、彼は言う……。この人は米川さんが言うような料理男子とは、ちょっと違うかもと思った。

「大丈夫。ごはんもパンも、ウマいのができるから。お楽しみに」

と春山さんはこちらを見て、うなずいた。

「お鼻の下に、炭が」

ようやく教えることができた。

炊きたてごはんの三回目のおかわりを鍋から皿によそっていると、皆がこちらを見て笑っているのが目に入った。

「よく食べるねぇ」

よっちゃんに言われて、

「こんなにおいしいごはん、食べたことがないです！」

私は言い訳するように返した。そしてごはんのよこにある焼きたてのパンも指した。

「パンも、こんなの食べたことない！」

どれだけ感動しているかが、伝えられないのがもどかしかった。私の好きな「できたてのごはん」で、だからおいしいのもあるけれど、それだけではない。フタを開けるという禁じ手で作ったごはんは、実家の最新の炊飯器で炊いたものとは、確かに違った。もっちりふっくらではない。が、なんというか、香ばしくしてお米を食べている実感がある。いつものごはんが生クリームだとしたら、チーズみたいだ。パンも似たところがある。フワフワじゃなくて噛《か》み応《ごた》えがあるけれど、粉の原料は麦だった、と思い出させる味。

「外で作って食べるから、おいしいのよ」

それを作った和代さんは言う。

「そんな、つまらない話じゃないです」

私が真剣な顔で返すと、皆がどっと笑った。

「持田さん、窓口で研修してるときから、面白い人だったんですよ」

と東野さんが皆に説明している。面白い？

「だいたい本社雇いで、半年でもどってくる人なんていない」

もどってきたわけじゃないです、と返したかったが、社食を食べに来たとも言えなかった。

「ソースちゃん、ごはんばっか褒めてるけど、カレーはどうなのよ。あなたが潰《つぶ》したスパイスよ」

菊池さんまで、いつの間にか私をソースちゃんと呼んで、聞いてきた。私はすぐに返した。

「これは、カレーじゃないです」

菊池さんは、眉間《みけん》にしわを寄せた。

「これは、幻の料理です」

ごはんと食べてもパンと食べても、おいしすぎるカレーを私は指した。

「学生のときアジアの留学生と交流会があって、そのとき彼らが作っためっちゃくちやおいしい料理を食べたんです。名前もわからないし、『幻の料理』として記憶に残っていたんですけど、同じ味がする」

私は、それをごはんと一緒に口に入れた。

「また出会えるなんて！　それも、このごはんとパンと一緒にいただけるなんて、幸せすぎる」

私は目をつぶって、喜びを言葉にした。

「……来て、よかった」

笑いはおこらず、皆はあきれたような顔でこちらを見ている。

「大丈夫かな、この人？」

菊池さんは、本気で私を心配している。彼女の顔を見て、こんなにおいしいものをパパッと河原で作れる人だから、仕事ができたという春山さんの話は本当だろうなと思った。

他の人たちも、集配スタッフの人が多いからか仕事が早い。不思議なもので、一緒にお肉を焼いたり、声をかけあっているうちに、この人知ってるかも、と思い出す顔もあった。

和代さんは、年末などの多忙期や人が足りないときに必ず入ってくれる大御所バイトスタッフで、支店局のイベントには、必ず顔を出していると言う。思い出せば、納涼会とか新年会とか、部署を超えた集いや交流会もあった。なんで研修時にもっとそういうものに参加して、彼らと交流しなかったのだろう。余裕がなかったのも本当だけれど、一年しかいないところだからと、思い入れずに過ごしていたんじゃないの？と自分に言った。

「不動産部なんだってね。私たちには想像もつかないお仕事してて大変だろうけど、がんばってね」

と菊池さんは、残っているカレーをごはんにかけてくれた。ありがとうございます、と返す声が小さいのは、春山さんの相談ごとを考えてしまうからだ。

その春山さんが、私を見て言った。

「ソースちゃん、おいしくても、そのぐらいにしときな。まだまだ、このあとがあるんだから」

「まだまだ？」

と、スプーンが止まる私に、彼はうなずいた。

「夜は、おでんだから」

「おでんっ！」

驚いた私は、彼が指している竈《かまど》の方を見た。パンを焼いていた鍋《なべ》が、いつの間にか洗われていて、今は厚切りの大根がゆでられている。和代さんも、クーラーボックス

を開けて、ちくわなどおでんの具材を出し始めた。そして、十年来のメンバーに頼むように、

「ソースちゃん、それ食べ終わったら、おでんに入れるゆで玉子を作ってくれる？」

と私に、玉子をまるごと一パック、はい、と渡した。

「ゆで、玉子……」

受け取った私は、玉子より先に、カチン、と固まった。それを見ていた菊池さんが怪訝《けげん》な顔で、

「もしかして、卵アレルギー？」

と聞いた。私は首をよこにふって、告白した。

「食べられます。食べられるけど、作れないんです、ゆで玉子が」

えぇーっ⁉と、河原にいた全員が私を見たのだった。


間違いなく、ラッキーな週末だった。それがわかったのは週が明けてからで、色々あったけど、とにかくバーベキューでおいしいものを山ほど食べて、心も体も驚くほど元気になって、会社に通っている自分がいた。

そして、社員食堂が閉店してからはただのラウンジとなったフロアで、私は水澤さんと向き合っていた。

快く時間を作ってくれた彼女は、私が買ってきたカフェラテとアメリカンクッキーを、嬉《うれ》しそうに食べながら、私の話に耳を傾けていたが、

「でも、なぜ米川さんじゃなくて、私に相談するの？」

話し終えると、まず聞いてきた。

そう思うのは当然だ。支店局の春山さんにバーベキューに誘われて、トイレの増設の相談を受けた一部始終を、私は、他の誰でもなく水澤さんに話して、意見を求めたからだ。普通なら、米川さんのような直属の先輩に相談するのが妥当だろう。

でも、先日まで自分が働いていたところに「LGBT用のトイレを作ってあげたい」と、いきなり上司や先輩に願い出たところで、「わかった、作ってあげよう！」とは、ならないことぐらいは、新人の私でもわかる。そもそも、支店局長が動いていないものを、飛び越えてやることが可能かもわからない。

「悩んだんですけど」

こんな忙しい時に、余計なことを持ち込んでヘタなことを言ったら、むしろ上司を怒らせて、少しはある可能性だって失いかねない。

「よかれと思ってやったことが、隕石《いんせき》肉団子みたいに、目的から逸《そ》れるものになってしまうのが、一番怖いので」

と説明して、水澤さんに頭を下げた。

「水澤さんなら、客観的に見てくださって、正しいレシピ、手順を教えてくれるのではないかと」

　彼女は、食べかけのクッキーを置いて私に微笑んだ。

「ありがとう。頼りにされてるのなら、嬉しいわ」

でも、あなたの言うとおり、やっかいな相談ね、と彼女は言った。私はうなずいた。

「不動産部が計画している新しい商業施設などでは、オールジェンダートイレを設置する案とか出てるらしいのですが。それとはまた違う問題ですし」

「とはいえ、うちも働く人の環境を整えることには、けっこう力を入れてるわよ。だからこそ、大きいところから段階を経てやろうとしているところなんだけど……」

　支店局のトイレはピンポイントすぎるかな、と水澤さんは悩ましげに腕を組む。

「やろうと思って準備しているところに、『なんでやらないんだ！』って言われたら、ムッとしちゃいますよね？」

　そうね、と彼女は同意して、

「レシピは色々あると思うけど。その人がメンタルをやられてしまったという話なら、社内のカウンセラーに相談して、そこから動いてもらうとか。労働組合に話を持っていくとか」

　と考えてくれたが、私の目を見て言った。

「でも、私だったら……やっぱり、まずは上司に話すかな。この会社のために働いている人が困っている、という話だもの。聞いておくべきことだと思うから。どういう風に話すかだけれど」

「水澤さんなら、上手に話せると思います。お料理と同じで頃合いがわかるから。でも私は……」

自信がない私に、水澤さんも苦笑する。

「確かに、ヘタに私の真似をして隕石肉団子みたいなことになっちゃってもねぇ」

そして手をのばして、勇気づけるように私の手に触れた。

「お料理と同じで、あなたはあなたのやり方を見つけるしかないんだと思う」

料理すら、自分のやり方なんて見つかっていないのに、そんなものが見つかるんでしょうか？　と言葉ではなく、ため息と顔の表情だけで水澤さんに返した。途方にくれる問題が、また一つ増えただけだ。

「あまり力になれなくて申し訳ないけど。よかったらそのバイトさんが書面にしたもの、参考に見せてくれない？」

そうだった、と言われて思い出して、春山さんから送られてきた「要望書」を、彼女に見せた。

あのとき私が咄嗟《とっさ》に言ったことを、彼は素直に受けて「書面」にしてきた。チャットＧＰＴに助けてもらった、と言っていたが、一枚目の紙には、長年スタッフとして働いて職場に貢献してきた菊池さんが、『ＬＧＢＴ理解増進法に遅れをとった環境』が原因で辞めたこと。そして『新人スタッフの教育係としても機能していた』彼の不在で、『集配営業部が受けた損失』が、どのくらいのものであるかが具体的に書かれている。そして二枚目は、要望に賛同する他のスタッフの署名で、隙間なくびっちり埋まっている。

「あら。ちゃんとしてる。そして明解」

水澤さんは、それを見つめていたが、

「お料理上手そう。私もバーベキューに行きたかった」

と、うなずいた。

皆の思いが詰まった、重さのある要望書をカバンに入れたまま、悩んでいるうちに週末が来てしまった。

「あら、起きてたの？　お休みなのに早起きね」

「土曜の朝っぱらから電話かけてきて、それはないでしょ」

コーヒーをドリップしながら、私はママに返した。ママは電話の向こうで、ごめんなさい、と笑っている。

「今夜、ごはん食べに来ない？　昨日お客さんが来て、五目寿司を出したんだけど、具材があまっちゃったから。あなたが来るならもう一度作ろうかなって」

とママは言う。ＡＩらしいナチュラルな誘い方だ。ママの五目寿司は、おばあちゃん直伝のちょっと変わった九州風で、うちでしか食べられない。魅力的な誘いであるが、どうにか私は無言で通した。

「朝食もまだなら、うちに来て食べれば？」

ママはさらに言ってくるが、それには返した。

「もう、コーヒー淹《い》れてるところだから」

へー、とママはちょっと驚いている。

「やらなきゃいけないこともあるし」

「仕事？」

うん、とだけ返した。嘘ではない。今週末は、例の要望書をどうするかいよいよ考えなくては、と思っている。

「なら、しかたないけど。ちゃんと食べてるの？　社員食堂もなくなっちゃったんでしょ？」

「支店局の社食で食べてるから、大丈夫」

「研修してたとこの社食に？　わざわざ行ってるの？」

「えっ、いや、おいしいから」

「だったら、うちに――」

「あ、コーヒーが溢《あふ》れちゃう。また連絡する！」

と、電話を切った。危ない、危ない。でも、どうにか誘いを断れた、と私は額の汗をぬぐった。

コーヒーが保温ポットにたっぷり入ると、次に私は、小鍋《なべ》にお水を入れて火にかけた。それが沸く間に、冷蔵庫から玉子を一個出してきて、

「えーと、画びょう……」

と私は部屋を見まわした。と言っても、賃貸だから壁に穴を開けられないので、それはあまり使わない。代わりになるものは……と、引き出しを開けると、安全ピンがあった。

「あった」

あのバーベキューのとき、春山さんも、画びょうに代わるものがないか探して、和代さんのエプロンに付いていた安全ピンに気づくと、「それ貸して」と言って、その針を使っていた。私は針を消毒してから、

「えいっ」

玉子のお尻《しり》にプスッ、と刺した。春山さんに教えてもらったときも、意外とすんな

り針が刺さるので驚いたが、今度も簡単に穴が開いた。その玉子を、沸き始めた小鍋のお湯の中にスプーンでそっと入れると、小さな針穴から、小さな泡がぷくぷくと出てきた。

「よしよし」

と私はそれを微笑んで見つめた。

ゆで玉子、作れないんです。そう告白した私は、皆に驚かれたが、

「サルでも失敗しない方法を教えてあげる」

と春山さんからこの裏技を教わった。そのとおりにやると、本当に爆発もせず、簡単にツルンと剝《む》ける、ゆで玉子ができたのだった。おでんに投入された、ツルツルのゆで玉子は自分が作ったとは思えないぐらい美しく、おいしかった！

週末の朝から早起きして朝食を作っているのも、それを家でもやってみたくてしょうがなかったからだ。一人でやってみても、玉子は爆発することなくゆであがった。お水に浸して少し冷ましてから殻を割ると、みごとにツルンと剝けた。固ゆでか、少し半熟か、それは私にはどうでもよくて、水っぽくない、きれいなゆで玉子ができただけで嬉《うれ》しかった。マヨネーズで食べるか、塩で食べるかでは悩んだけれど、シンプルに塩でいただくことにした。

続けて、私は食パンを袋から出した。それをトースターに入れて、いつものように

『トースト』とよこに書いてある『３』の目盛りまでタイマーをまわしたが。

――フタ開けて、見たくない？

春山さんの言葉が頭によぎって、もっとまわして『５』のところにした。わざと長めにして、そこから離れることはせずに、トースターの窓からパンが焼けていくのを、じっと観察することにしたのだ。

「鍋と違って、トースターは中が見えていいな」

当たり前なんだけど、ありがたさを感じた。

「おおっ、いい感じ！」

見ているうちにトーストがこんがりと色づいてきて、私は、ちょっと焼きすぎかなというぐらい、ぎりぎりまで我慢して、扉を開けてパンを取り出した。

バターも今日は、生玉子を出したときに一緒に冷蔵庫から出しておいた。そのバターをトーストした黄金色の表面に塗ると、なめらかに溶けて、カシッ、カシッ！　とナイフのいい音がした。

用意できたものを、テーブルに並べて、

「いただきます！」

いただいた。コーヒー、トースト、そしてゆで玉子。シンプルだけど、全てが、とってもおいしかった。コーヒーのおかわりを注ぎ、ひとくち飲んで、物干し竿《ざお》の向こうに見える雲一つない青空を、窓から見た。

「ふぅー」

と息をつく。こうやって週末においしい朝食を自分で作って食べるって、いいなぁ、と改めて思った。

「改めて？」

心の中で言った自分のセリフに違和感を覚えて、私は眉間《みけん》にしわをよせた。

「改めて、じゃないよ！　初めて、でしょ？」

自分に突っ込んで、パンくずすら残っていないお皿を見た。

「こんなにおいしい朝ごはん、自分で作ったの、初めてでしょ⁉」

今度は感動が襲ってきて、声をあげていた。

「できるじゃん！　わたし！」

そして、これが夢でないことをもう一度確かめるために、急いで二枚目のパンを焼きにキッチンに行ったのだった。

結局、もう一枚、もう一枚……と、トーストを五枚、ほぼ一斤食べてしまった。トーストだけでなく、ゆで玉子も、今度はマヨネーズで食べようと思い、

「だったら、フォークでつぶしてマヨたまにしよう！」

と、さらにひらめいて、二個追加してゆでて、こんがり焼いたトーストに山盛りの

せて、いただいた。これがまた、うまかった！

満腹感と幸福感で満たされた私は、鼻歌まじりにカップとお皿を洗いながら、

「ついに、今日からわたし、お料理はじめました！」

と実感していた。そして、こんなにおいしい朝食を作れるようになったのは、間違いなく春山さんがバーベキューに誘ってくれたからだと、感謝していた。

お礼に、彼の相談ごとを、どうにかしてあげたいという思いがますます強くなってくる。水澤さんに言われた「私のやり方」を、そろそろ見つけなくてはならない。洗い物が済んでも、私はキッチンで腕を組んで考え込んでいた。でも、新人の私になにができるのだろう、というところでまた行き詰まってしまう……。

ふと、キッチンのスペースを占領している『ポットマジック２』に目がとまった。

「ブラックボックス、か」

考えてみれば、自分の働く会社ですら、私にとってはまだブラックボックスだ。鍋のボタンを押すように、言われるがままに働いて、フタを開けたらごはんが出てくるように、お給料をもらっている。巨大な会社の中でなにがどのようにおこなわれていて、それが成り立っているか、まだまだ知らないことだらけ。知らなくても、ブラックボックスのままでもお仕事はできる。ボタンを押すだけで、考えなくてもごはんが食べられるように。

カバンの中に入っている要望書も、鍋にポンと入れて、スイッチを押すだけで解決されたら、らくだけど。そうはいかないことだけは、私もわかっていた。

第四話　停電リゾット

「なにか、悩んでる？」

トンカツ定食を食べている米川さんに言われて、生姜《しょうが》焼き定食のお味噌《みそ》汁をすすっていた私は、うっ、と喉《のど》をつまらせた。

「いっときよりは元気そうになったけど。最近また、難しい顔してるから」

どうも自分は隠し事ができないようだ。

「それは……」

「遠慮しないで言って」

米川さんの顔を見て、水澤さんが言うように、やはり彼女にまず相談するのがいいのかもしれないと思った。いつまでも一人で悩んでいてもしょうがないし、まずは恐れず、手近にある鍋《なべ》のフタを開けてみようか。

「実は――」

と私が言いかけたのと同時に、

「辞めないでよね」

と、米川さんが言った。

「辞める？」

私は驚いて、聞き返した。

「だって、そういう時期だから。困ってることや不満があったら、なんでも相談して」

私は笑って、それはないです、と首をよこにふった。

「辞めようなんて、これっぽっちも、思ってません」

ならいいけど、と米川さんは返して、またトンカツを食べ始めた。

「自分はまだ、辞めたいと思うほど会社や仕事のことが、わかってないので」

と言うと、米川さんはまた私の顔を見た。

「そうよね。こっちだって、ちゃんと教えてないもの」

と、反省するように吐露した。

「新人教育って、難しいのよ」

本人に言うのもなんだけど、と米川さんは続けた。

「パワハラにならないようにと思うと、強く言えないし。でも、仕事だから間違いがあっちゃいけないから、つい厳しくなっちゃうし」

そしてトンカツを指した。

「このソースと同じ。辛すぎたらマズいし、甘すぎてもよくないし、頃合いが難しい」

なるほど、と私はトンカツを見た。そして笑顔で返した。

「だったら理想は、支店局の社員食堂のソースですね」

「そうなの？」

「はい。オリジナルの特製ソースなんです。セルフでかけるんですが、いくらかけても辛くないし、甘すぎず、爽《さわ》やかで」

「へー、それこそ理想だ。っていうか、おいしそう」

私はうなずいた。

「今は亡き、本社の社食のアジフライに、あのソースをかけて食べたら、最高のコラボだったと思います」

「ああ、社食のアジフライ！　もう二度と食べれないけど、食べたい！」

米川さんは両手を合わせた。

「水澤さんは、閉店の日に店長に揚げ方のコツを聞いてたけど……」

私と米川さんは、同時に首をよこにふった。

「自分で揚げるなんて、ぜったい無理」

「そんなことしたら、よくて火事、悪くて地域を巻き込んだ災害になる」

だから外で食べるしかない、と米川さんはトンカツをパクッと口に入れた。そして、こぼすように続けた。

「私も余裕がなくて。産休や異動になる人の仕事の引継ぎとか、自分の仕事以外の仕事が多すぎる。それも仕事なんだけど。気が散漫になってるときって、近いところが見えてなかったりするから」

と私をチラッと見た。私は改めて大きくうなずいた。

「本当に私は大丈夫です。

米川さんは、ホッとしたような顔になった。

「私も、酒は辛口が好きだけどね。でも、さすがに最近飲み過ぎだ」

と言う彼女を見て、忙しいのに、わざわざ私をランチに誘ってくれたのは、私を心配してのことだったのだと、わかった。

「さっき、なんか言いかけてた？」

と聞かれたが、私は首をよこにふった。

「いえ。なんでもないです」

米川さんは時計を見て、もう時間だ、と残っているトンカツを口に運び始めた。私もそれ以上話すのはやめて、生姜焼きをたいらげた。

結局、米川さんに相談することはできなかったが、お昼にそんな話をしたので、アジフライが食べたくなってしまった。問題から逸《そ》れている気はするが、ちゃんと食べて職場に迷惑をかけないことも大切だ。

どこかでおいしいアジフライが売っていないかなと、会社を退《ひ》けると、普段はあまり行かないデパ地下に寄った。コックコートを着た店員さんが惣菜《そうざい》を売っているデリカ的な店で、ちょっと品が良すぎるアジフライを買って帰り、晩ごはんに食べることにした。

トースターで温めるといいとパッケージに書いてあったので、トーストを焼く要領で、窓の中のアジフライを凝視しながら、慎重に温めた。油がジワジワとしてきて、おいしそうになったところで止めた。

「さて、問題はソースだ」

まず、トンカツソースとウスターソースを同量、小皿に出して混ぜて、スプーンで舐《な》めてみた。

「普通だ。これだけじゃないな」

支店局の社食のソースは、辛すぎず、甘すぎない。でも、これになにを加えたら、あの味に近くなるのだろうか？　私は持ってる調味料をあるだけ出してきて、並べてみた。

砂糖、塩、コショウ、醬油《しょうゆ》、マヨネーズ、ケチャップ、調味酢、ラー油、だしの素、鶏《とり》がらスープの素、ガーリックソルト、チューブのからし、わさび、しょうが等。

それらを見ていて、ママに「料理のさしすせそ、もわからない」と言われたのを思い出し、ムッとした。

「そのぐらいわかってます。砂糖のさ、塩のし、酢のす、せ……は、わかんないけど。そ、はソース」

ここにあるもので甘くするには、砂糖かケチャップだろう。両方入れてみることにして、それらをソースに混ぜて、また舐めてみた。

「うん、いいかも。ケチャップを、もっと入れよう」

さらにケチャップを入れて、また舐めてみた。

「わっ、これじゃ、ソース味のケチャップだ」

とソースを少し足してもどして、また考える。ハチミツがあったのを思い出して、それも入れてみた。

「いい甘さだけど、ちょっと甘すぎる。『辛すぎず、甘すぎず』が、理想なんだけど甘すぎない……ということは、それに対抗する、辛いものもまた必要ということか？

「奥が深いなぁ」

と一人で勝手に感嘆する。

「じゃ逆に、今度は辛いものを足そう！」

と、調味料を見つめた。

「ラー油？　いや、中華すぎる。ないな」

からしでもないし、コショウ？　コショウはなんにでも合うんじゃない？　と、ゴリゴリとペッパーミルで挽《ひ》いて足してみた。舐めてみると、

「あっ、辛いかも、ちょっとピリッとする」

私はコショウがしっかりと利くように、かなり追加して混ぜた。

「どうかな……」

スプーンですくって口に入れてみた。味わった瞬間、私は目を大きく見開いた。

「おいしい！」

もう一度、舐めた。

「甘すぎて、辛すぎて、おいしい！　……あれっ？」

目指すは「甘すぎず、辛すぎず」だったけれど、それとは違う味だけれど、おいしい！　社食のソースに負けていないバランスの良さがある。何度舐めてみても、おいしい。

「わーい！」

私は、トースターの中に安置しておいたアジフライを取り出して、大皿にのせると、いそいそと、そのオリジナルソースをたっぷりかけて、チンしておいたサカイのごはんもよこに盛った。

そして待ちきれずに、立ったまま箸《はし》を取って、ソースをかけたアジフライを、ひとくち食べてみた。こんがり焼けた衣と、ふんわりとしたアジの身に、甘すぎて辛すぎるソースが、和らぎとアクセントを加え、三つが融合した味わいが口に広がった。

「……なにっ、これっ？」

おい……い！　うますぎる！

「ちょ、ちょ、ちょっと、ちょっと！」

こんなにおいしいものが、自分で、作れるなんて！　感動で言葉にならなかった。言うまでもなく、私は立ったままそれを完食したのだった。

凝った料理でもなく、定番料理でもなく、人並の料理でもなく、自分がおいしいと思うものを作れたら、それでいい。

自分がおいしいと思う、朝ごはん。そして晩ごはん。その二つが作れたことで、少し自信を得た私は、不思議なほど、料理をするのが負担ではなくなってきた。そして、早く仕事が退けた日の帰り道。

今日は、大好きな、オムライスを作ってみよう！

なんと、そんなことを思いついた。そう思えたことが、まず驚きだ。隕石《いんせき》肉団子の失敗はトラウマになっていたし、ハンバーグよりも好きな、最愛のメニューだ。これ

を失敗したら、またダメージをくらうのはあきらかだ。でも、

「理想のオムライスは、よこにおいといて。別物でおいしいのを、作ればいいんだよ」

ソースの経験から、そう思えたのだ。

とはいえ、最近の成功体験から忘れてはいけないと思うのは、「鍋《なべ》のフタを開けてみる」ことだ。そこで私は、オムライス名人がそれを作っている動画を、ネット上で探して見ることにした。けれど、その作り方に倣って作る、というわけではない。あくまでも、それがどういうものかを、知るためだ。

「なるほど。オムライスって、こういうものなのか……」

作る工程はなかなか面倒だが、玉ねぎ、鶏肉《とりにく》、ごはん、玉子、そしてケチャップとバターで、できているということは頭にインプットされた。その上で、

「私にできるオムライスは……？」

と考えた結果、私は焼き鳥屋に行って、「塩味の焼き鳥（もも肉）」を、数本買った。

「よし次は、ごはん。今日はちゃんと炊こう」

と白米を炊いて、炊きあがると、熱いうちにバターを混ぜて、塩コショウもした。

それを丼に盛って、温め直した焼き鳥を、串《くし》を外して上にのせた。次に玉子だが、

「玉子が薄焼きなのは、こだわりたい」

と、玉子を溶いて、フライパンに薄くのばして焼いた。ちょっとちぎれたりしたけ

れど、「焼き鳥バターライス」の上に、その薄焼き玉子をかぶせた。

「そして最後に、ケチャップ！」

と、フタのようにかぶせてある黄色い玉子の上に、赤いケチャップをかけた。下のごはんにまぜていないぶん、たっぷりと。

「さあ、おいしいかな？」

おいしいと思えば、成功だ。これがオムライスであろうと、なかろうと。私はスプーンを刺して、薄焼き玉子と、その下の焼き鳥バターライスを一緒に、口に運んだ。

「……おいしい」

思わず声が低くなったのは、実のところ、見た目がイマイチのそれにそこまで期待していなかったからだ。予想を上回るその味に、驚いた。

炭火で焼いた鶏の焦げた香ばしさとケチャップが、不思議なハーモニーを生んでいる！　どこかで食べた味わい……。

「わかった、炭火焼バーガーだ！」

って、ことは、あれがあるとさらにいいのでは？　私は冷蔵庫からスライスチーズを出してきて、玉子を焼いたフライパンに置いて、とろりと溶かした。そして、薄焼き玉子をめくって、その下にしのばせた。

「差し込んで、チンしてもよかったかな」

と後から思ったが、結果が良ければオッケー、とチーズを加えたものを味見した。

「うん。おいしい。なくてもいいが、あってもいい」

完璧《かんぺき》なオムライスとは違うが……いや、オムライスというものからも遠くなっているかもしれないが、

「好きなメニューが、ひとつ増えた、ってことだよね？」

と、笑顔で言えた。私はスプーンが止まらない焼き鳥オムライスをパクつきながら、これも「料理」って言っていいよね？　と誰にでもなく問うのだった。


コーン！　と、打ち上げられたボールは内野フライで、弧を描いて落下すると、バーベキューにも来ていたよっちゃんのグローブに、スポッと収まった。

「ナイス、よっちゃん！」

菊池さんは二つのメガホンをポンポンポン！　と叩《たた》き合わせて、声援をおくっている。ベンチで彼女の隣に座っている私も拍手をおくった。

支店局の近くにある公園のグラウンドでは、のんびりと練習試合が行われている。比較的借りやすいという土曜の午前中で、

「相手チームも仲間みたいなもんだから」

と菊池さんは私に教えた。河原にも近いので空が広く、いかにも「草野球」という

光景だ。

今回も、春山さんに誘われてここに来た私だが、またもや知らなかった世界を見せてもらっている。週末の朝から野球をやるなんて、私には考えられない。ママが言うところの、「自分の時間」を彼らは持っているということなのだろう。でも、彼らを見ていると素直にうらやましいと思える。

「土曜の朝から、みんな元気だなぁ」

私が言うと、菊池さんは、

「若いあなたが、そんなこと言わないの」

とたしなめたが、彼女は視線をグラウンドに投げたまま、私に顔を寄せて訊《き》いた。

「ソースちゃんは、どの人がタイプ？」

えっ？　と私は返した。

「やっぱり、春っち？　いいよね、春っち。筋肉ついてるし」

と、菊池さんが言うので、私も一緒にサードを守っている彼の方に視線をやった。

「顔は、ややポチャだけど。背もそこまで高くないけど。エド・シーランに、ちょっと似てなくもない。いいよね」

「エド……」

なんと返そうか、言葉を探していると、またバットが鳴る音がして、三遊間に飛んできた鋭い球を、春山さんは手を伸ばしてキャッチした。そして流れるような動きで一塁に送球した。

「アウト！　やだ、カッコイイ！」

菊池さんは手を握り合わせて、お気に入りの彼に見とれている。このように一人で萌えている女子に、いくら真面目な返事をしたところで聞いちゃいないから、放っておくことにした。

「春っち、ナイスプレー！」

菊池さんは、メガホンで叫び、春山さんも、こっちを見てグーの手をあげた。そう言われると、カッコよく見えてくるから不思議だなと思った。タイプかと言われると、そうではないけれど。

「野球部のマネージャーに、なりたかった」

メガホンを下ろすと、菊池さんがそう言葉を吐いて、私は、彼女の方を見た。今日は長髪をお団子にしている彼女は、真剣な表情でグラウンドを見つめている。

「浅倉南《あさくらみなみ》、南ちゃんに、なりたかった。ずっと」

そして、こちらを見て微笑んだ。

「って言っても、わかんないよね？」

「知ってますよ。『タッチ』の南ちゃんですよね？　父がマンガを全巻持ってます」

私が返すと、菊池さんは続けた。

「ずっと、よっちゃんのポジションやってたんだけど。郵便局辞めるときに、草野球も辞める、って春っちに言ったの」

菊池さんは、球を追ってる春山さんをあごで指して、

「『なんで、草野球まで辞めるの？』って、聞くからさ。もうこの際だから、『セカンドじゃなくて、マネージャーをやりたかったの！　子供の頃からずっと』って、ホントのことを言ったの」

彼女は、ふふっと笑った。

「そしたらさ、『なら、マネージャーやればいいじゃん』って言うのよ、あいつ。だからこっちも『じゃあ、やるよ』って」

草野球だから、べつにやることもないけどね、と嬉《うれ》しそうに言う。

「ハチミツレモンを作ってきても、酸っぱいのダメって、みんな食べてくれないしさ」

食べる？　国産レモンに国産ハチミツで作った高級ハチミツレモンなんだよ、と彼女は、よこにあるタッパーを指した。私は遠慮なくそれをいただいた。

「酸っぱ！　いけど、めちゃくちゃおいしいです」

眠かったのが一気に目覚めた。もう一つ食べようとすると、このあとの飲み会でサワーに入れるから、あんま食べないで、とフタをされてしまった。そして、

「春っちが、あなたによけいなこと頼んだみたいね」

菊池さんは、こちらを見ずに言った。向こうから本題を切り出してくれて、私は首をよこにふって、返した。

「よけいなことではないです。その、大切なことなので。私もまだ入社二年目なので、お力になれるかわからないですが」

今週、春山さんに連絡して、要望書はまだ自分のカバンの中にあることを私は正直に話したのだった。そして、もし菊池さんが嫌でなければ、このことに関してどう思われているか、彼女にも直接聞いてみたい、と勇気を出して伝えた。春山さんはすぐに菊池さんに話してくれて、私を今日ここに呼んでくれた。

「そもそも、どういうものを作ったらいいのか、例えば、理想的な形はどういうものか、参考のためにうかがえたらと」

菊池さんは、困ったような顔をして、あごに手をやった。

「春っちがなにを言ったか知らないけど。なにか、専用の更衣室とかトイレとか作ってくれたとしても、自分は、もう局にはもどらないと思う」

彼女の顔を見つめたまま、私は黙った。

「みんなの気持ちは嬉しいけど……。もう、いいの」

と言う菊池さんの表情には怒りも、諦《あきら》めも、どちらも感じられなかった。

──ブラックボックスではいけない。遠巻きに見ていないで、恐れないで、フタを開けて見てみよう。今回の相談に関しても、自分ができる範囲で、フタを開けてみる必要があるかもしれない。そう思ったとき、当事者である菊池さんの話を聞いてみることも必要だと、気づいたのだが。

「でも皆さんは、菊池さんにもどってきて欲しいんだと思います」

「知ってる」

「お気持ちは、変わらないですか？」

「うん」

私には、難しすぎる鍋《なべ》だったかな……。

カーン、とまた球がバットにあたる音がした。ヒットのようだったけれど、菊池さんはボールではなく、手前の宙を見ていた。

「嫌なことがあったと言ってもね、たいしたことじゃないの」

言葉に反して、厳しい表情だった。

少し開いたフタの隙間から聞けたのは、こういう話だった。

菊池さんは、カミングアウトがあたりまえな世代でもないので、あえて「男」で配達スタッフとして働いていたそうだ。更衣室も男性用を使っていたけれど、あるとき、仕事からもどったら、私服を入れておいたロッカーが開いていたそうだ。

「たぶん、誰かが間違って開けちゃって、ちゃんと閉めなかっただけだと思う」

それだけのことなんだけど、と彼女は苦笑した。

「けっこうな、ダメージだった」

という口調は、彼女自身も意外だったことを表していた。

「あらゆることを考えちゃって。下着見られたかな、とか。なんだか色々考えること自体が、もう嫌だなって。それで辞めちゃった」

私は共感を示して深くうなずいた。

「カミングアウトして続ける、っていう手もあったんだけど。それもさ、みんな気をつかって大変じゃん。まだまだ、そういう時代」

出入りも激しい職場だけど、いい人も多いから、と彼女はグラウンドの方を見た。

「ま、それはきっかけで、限界が来てたんだと思う。私の問題だから、更衣室やトイレがどうのっていう話じゃないの」

今、働いてるアパレルは、カミングアウトして雇ってもらっているから、すごくらくだと彼女は言う。

「そうですか。お話は、よくわかりました。あの、でも、すごくわかります」

上手に共感の言葉が返せない自分がはがゆかった。もちろん菊池さんほどの辛《つら》さは経験したことはないけれど、居場所を失って孤独を感じたときの苦しさはわかる。それが自分の問題となって、背負うことになることも。

じっと私が菊池さんを見つめていると、彼女は微笑んで、

「そういうことだから。春っちが頼んだことは、もう忘れていいから」

終わっていることのように手をふった。でも、はい、そうですか、と言うことはできない。

「それでも春山さんは、菊池さんにもどってきて欲しいんだと思います。必要な人だから」

それしか言えないのだけれど、菊池さんはわざと怒った顔を作った。

「やめて欲しいよねー。そういうこと言われると、勘違いしちゃうじゃん！　春っち、悪い男だよ。ソースちゃんも気をつけな。もう遅いかもしれないけど」

と、私の肩をグーで小突いた。

「えっ、私はべつに」

と慌てて否定したけれど、彼女はもう、グラウンドの方に視線をもどして、

「ほら、その春っちの打席だよ」

とバッターボックスに立っている春山さんを指した。

「こうやって野球や飲み会では、今もみんなとつながってるから。私は満足、これで」

菊池さんは、でも、と私の方をまた見た。

「ありがとう、聞いてくれて。話したら、なんかすっきりした」

真っ直ぐな彼女の眼差《まなざ》しに、こちらも胸がいっぱいになった。

「他に、私にできることは、ないですか？」

と聞くと、菊池さんは、

「んー」

バットをかまえている春山さんを見ながら考えている。その春山さんは、バットを大きくふって、三振をとられてしまった。

「もう！　春っち、どこ見てんだよっ！」

と、菊池さんは檄《げき》を飛ばしてから、

「あっ、そうだ」

と思いついたように、私を指さした。

「私がマネージャーになってメンバー足りなくなったから、ソースちゃんチームに入ってくれない？　あそこに立ってるだけでいいから」

「えっ？」

菊池さんの指先を追って、私はグラウンドを見た。

「フタを開けると、予測しないことが起きる……」

草野球チーム『ハイタッツ』のメンバーに、なんでかされてしまいそうな私は、翌週の土曜も、

「キャッチボールやって、適性見るから、十時集合！」

と菊池さんに呼び出された。半日それをやって、へろへろになって帰ってきた。あまりに下手くそだったら諦めてくれるだろうと思ったが、学生の頃バドミントンをやっていたせいか、そこそこ動体視力があるようで、

「料理できないのに、スポーツできるんだ」

と褒められてしまった。

雨が降ってきたので今日はこれで帰ります、と逃げるように引き上げてきたが、皆は私の背中に向かって「また来週！」と言っていた。

「また問題から逸《そ》れてる気がする……どうやって断ろう」

と考えながら、玄関の扉にカギを差し込もうとしたときだ。

「おかえりなさい」

背後から言われて、

「うわっ、ビックリした！」

跳びあがって驚いた。心臓が止まるかと思った。

「ママ！」

「よかった、ナイスタイミングだったわ。ほら、開けて」

久しぶりに会うママは、自分の家のように傘を畳んで、私より先に玄関を入っていった。

「ど、どうしたの、急に？」

と聞くと、ママはムッとして返した。

「急にじゃないわよ。朝から何度もメッセージ入れたのに、返事がないから。どうしたのかしらって、心配になって来たのよ」

と言われて、スマホを見ると、『近くに行くから、寄ります』『今日は外出？』などと、確かに連絡が数回入っていた。草っ原を駆け回っていてスマホを見る余裕なんてなかった。

「忙しいみたいね。週末も仕事なの？」

と、ママは私の顔を探るように見ている。キャッチボールをやってました、とはさすがに言えないので、

「え、駅前でフィットネスしてきたとこで。汗かいちゃったからシャワー浴びてくる」

とバスルームに逃げた。

私の嘘なんてママにはすぐにバレるから、また色々と聞かれるだろうなと憂鬱《ゆううつ》な気持ちでシャーワーを浴びていると。雷がゴロゴロと鳴っているのが聞こえてきた。マ

マの雷も落ちないといいけれど。

ところが、ママは私の嘘を信じたようで、

「体を鍛えてるなんて、偉いわね」

シャワーから上がってくると、笑顔で冷蔵庫からジュースを出してくれた。

「ぜんぜん帰ってこないから、心配してたんだけど」

ママは、改めて私をまじまじと見た。

「ホント、元気そうでよかったわ」

「えーと、上司に、迷惑をかけないようにしようと思うと、週末も色々と動くことになってしまって」

と私は嘘ではない説明をした。ママも納得してくれたようで、チラッとキッチンの方を見た。

「ごはんも、ちゃんと食べてるの？」

「食べてるよ。毎日じゃないけど自分でも料理してる」

これも嘘ではない。自分がおいしいと思うものを作っている、という意味では。

「そうなの？」

「オムライス……的なものも作って食べてる」

「オムライスを？」

ママは信じられないという顔で返した。じっとこちらを見つめていたが、ママの表情が、ふっと変わった。

「そっか。やればできるのね、渚ちゃんも。もういい歳だものね。子供じゃないのに、あまり心配するのもおかしいわよね」

とママは微笑んだ。そんなママを見て、

「すみません、心配かけて」

と言っていた。親として、自分のことを心配してくれているんだなと、素直に思った。ママの脅威から逃れようと、がんばって実家に帰らないようにしていた自分が、ちょっと子供っぽく感じられた。

今までと、ママが違って見えるのは、なんでだろう？　短い間になにかがあったわけではないのに。でも、米川さんや水澤さん、課長とやりとりしたことや、春山さんや菊池さんと出会ったことが思い出されて、私も、少し成長したのかもしれない、と自ら思った。ママも、それを感じているのだろう。

「ママ――」

私のことは心配しないでも大丈夫だよ、と続けて言おうとして、口をひらいたそのとき。

バリバリッ、ドッカーン！

雷鳴が轟《とどろ》き、耳をつんざくような音がして雷が落ちた。

「キャーッ！」

ママと私は同時に悲鳴をあげて、二人で腕をつかみあった。そして次の瞬間、部屋の電気が消えた。

「停電？」

私とママは、薄暗がりの中で顔を見合わせた。

雷の音は少しずつ遠ざかっていったけれど、電気は三十分以上経っても復旧しなかった。時間が経つほどに暗くなってきて、もうママの顔もはっきり見えない。

「電車も動いてないみたい」

私はスマホを見ながら、ママに教えた。

「あまり使わない方がいいわよ。バッテリーなくなると緊急のときに困るから」

ママに言われて、スマホを閉じると、私のお腹がグーッと鳴った。キャッチボールなんかやったので、実は腹ペコなのだ。私はママに聞いた。

「なんか、食べるもの持ってきてくれたんじゃないの？」

「お友だちの個展に来たんだもの。あなたと連絡とれたら、どこかで晩ごはん食べるつもりだったんだけど」

これじゃ、近所のお店も停電で営業できていないだろう。

「さっき冷蔵庫見たけど……ろくなもの入ってなかったわね」

とママは、ちょっと不満げな声だ。

「今日、買物に行くつもりだったから。停電だから、むしろ空っぽでよかったよ」

と私は言い訳して、なにか食べるものがないか考えた。

「お米は、あるんだけど」

「炊飯器は使えないわよ」

「あ、そっか」

と私は一度言ってから、いや、まてよ、と思った。そして、あるアイデアが浮かんだ。「私のことは心配しないで大丈夫」と、言葉ではなくママに伝える、いいチャンスかもしれない。

私は暗闇の中でママに言った。

「私、めちゃくちゃお腹空《す》いちゃったから、あるもので、ごはん作るよ」

えっ？　この状況で？　とママは驚いている。

「すごく、簡単なものだけど」

私は懐中電灯を出してきて点灯させると、食器棚の扉に固定し、照明の代わりにして、キッチンに立った。

「わざわざこんな暗闇で作らなくても。お菓子かなんかないの？」

と言うママの顔も少し見えるようになったが、私はママに笑顔で返した。

「あっと言う間に作れるから」

止まっている冷蔵庫を開けて、野菜室に唯一入っている野菜、玉ねぎとニンニクを一個ずつ出した。そしてそれをみじん切りにし始めた。

「なにしてるの？　こんな暗いところでやったら、手を切るわよ」

ママもキッチンに来たが、私の手元を見て不安げに言う。もちろんママから見たら、おぼつかない手つきだから心配するのも無理ない。でも、

「切るのは、これだけだから……」

と私はかまわず作業を続けた。そして、ママから見たら荒いと思われるみじん切りができると、私はフライパンを出して、オリーブ油をまわし入れ、ニンニクを炒《いた》め始めた。

「IHでなくて、よかった」

「なにを、作るの？」

ママは、もう止めようとはせず、フライパンをのぞきこむようにして聞いてきた。

「十五分で、できちゃうごはん」

私は言って、続けて玉ねぎを入れて炒めた。

「十五分？」

「そう。思いたったら、十五分でごはんが食べられるレシピ。浸水も、炊飯器も不要。おまけに、お米を研がなくてもいい」

と返して、玉ねぎがいい感じで茶色くなってくると、

「えーと、いつもの倍だから」

と、お米を一合とちょっと、米袋からそのまま加えた。玉ねぎと一緒にお米を炒めていると、ママが、

「……リゾット？」

と聞いてきた。さすが！　お料理上手なだけある。

「ピンポン、正解です！　作るのは二度目だけど」

ママはなにか言いたげだが、黙って私の作業を見ている。炒めているうちに、お米が透き通ってきたので、私は、インスタントのコンソメスープの袋を二人分開けると、クルトンを取り除いてそこに加えた。

「それはブイヨン、コンソメの代わりなのね？」

「すごい、ママ。そのとおりです。レシピにはコンソメ顆粒《かりゅう》ってあったけど、初心者の私は買っても使わないから」

私は次に沸かしておいたやかんのお湯を加えた。すぐにふつふつと煮立ってきて、

玉ねぎとコンソメのいい匂いがフライパンから立ち昇ってきた。

「これは、ネットのレシピ？」

「うん。これなら自分にも作れそうだなと思って」

バーベキューのときに春山さんが、「リゾットもフタをしない」と言っていたのを思い出して、リゾットというものを作ってみたくなり、レシピを検索してみたところ、『炊き忘れても15分でごはんが食べられる、簡単リゾット！』という人気レシピがヒットした。まさに、私向きのレシピでは？　と思ってチャレンジしてみたのだ。

「フタをしないのに、ごはんが作れちゃうんだよ。お米がごはんに変わっていくのをじっと見ていられるから、失敗もしない」

ママは、私の言ってることがよくわからないようだったが、

「ごはん、というより、おかゆに近いわよ、リゾットは」

と正した。

「やわらかい、ごはんだよ」

と負けずに私も言い返した。そのとき、パッ！　と部屋の照明が灯《とも》った。

「あっ、電気が点《つ》いた！」

「復旧したわね」

よかったー、と私とママはため息をついたが、すぐに私たちはフライパンの中を確

認するように見た。

明るい電気の下で見るお米は、スープを吸ってふくらんでいる。私はまたお湯を加えた。数回に分けてお湯を加えていくうちに、お米はさらに艶《つや》やかにふくらんできた。私はお米をつまんで食べてみて、硬さをみた。もうちょっとかな、と思っていると、

「私にも味見させて」

とママから言ってきて、私はスプーンで味見をさせてあげた。もう少しね、とママも同意した。

「炊飯器の中でも、同じことをやってるんだよね」

私が言うと、ママは、

「まあ、同じと言えば、同じだけど……」

と物言いたげだが、私は気にせず、またお米の硬さをみた。

「いい感じ！　ちょっと芯《しん》があるぐらいがいいんだよね。完璧《かんぺき》」

粉チーズをたっぷり加えて、混ぜて、私は火を止めた。

二枚のお皿に、リゾットを二人分、こんもりと盛って、あとは粗挽《あらび》きコショウをふりかけて、

「はい、できあがり！」

暗闇の中で作ったにしては、なかなかの出来栄えだった。ママが席に着いているテ

ーブルに、それを持って行くと、

「どうぞ。粗メシですが」

と、スプーンを渡してすすめた。

「じゃ、遠慮なく。いただきます」

私が作る料理を、ママが初めて食べる瞬間だった。ママは玉ねぎだけの超シンプルなリゾットを、ひとくち食べると、

「あら」

と言って、もうひとくち食べた。

「おいしい」

「ホントに？」

「おいしいわよ。驚いた」

ママは、本当に驚いている顔で私を見た。

「へー、おいしいわ。お米の硬さがちょうどいい。シンプルだけど、おいしい」

と、うなずきながら食べている。

ママに、おいしいと、言わせた！

私は信じられない気持ちで感動していた。自分でもそれを食べてみた。お腹が空いていたのも加わって、めちゃくちゃ、おいしかった。市販のコンソメの力を借りてい

るとはいえ、それを感じさせない。ちゃんと炒めた玉ねぎと、お米の甘味がしっかりと出ていて、塩気もちょうどよく、粉チーズでイタリアンと思わせる風味も出ている。お米もふっくらしつつアルデンテ、前に作ったときよりも、各段においしかった。ママと私は、黙々とリゾットを口に運び、あっという間に完食した。二枚のお皿には米粒一つ残らなかった。

食後、私がコーヒーを淹《い》れていると、テーブルに座っているママがこちらを見て、呟《つぶや》くように言った。

「心配することないわね」

もらいたかったその言葉も、もらえた。料理で、自分は大丈夫だと、ママに伝えることができた。私はそれに笑顔で返した。

停電の混乱も落ち着いたようで、電車が動いていることを確認すると、ママは閉じた傘を手に、帰っていった。

「じゃあね」

と玄関で言うママに、

「時間ができたら、ごはん食べに帰るね」

自然と言葉が出ていた。私のやり方というのが、ちょっと見えてきたような、そんな気がした夜だった。

第五話　逆襲のパエリア

月曜日、会社に向かう電車の中で、ついに私は心を決めた。そして、いつものようにぎりぎりに出社してきた米川さんに、

「ご相談したいことがあるんですが。仕事とは直接関係ないことなので、ランチのときにでも聞いていただけないですか？」

と、思い切って頼んだ。真剣な私の顔を見て、米川さんは、今日の夜でもいいよ、と言ってくれた。

その日はがんばって仕事を片付けて、先に行ってるね、と出ていった米川さんを追いかけるように、待ち合わせしているおそば屋さんに行った。ところが、

「えっ、なんで課長も……」

米川さんと課長が並んで座って待っていた。私はびっくりして、二人の前に座るのを躊躇《ちゅうちょ》した。

「ごめん、もう先にやってる」

課長はビールと天ぷらを指して、私に座るようにうながした。

「おつかれー」

と笑顔で言う米川さんからも、説明はない。しかたないので、私はしぶしぶそこに座った。本気で米川さんに「要望書」のことを相談するつもりだった私は、せめてもの抵抗を表してノンアルを注文した。すると、

「ようやく、話してくれるのね」

と課長が言って、私は顔を上げた。

「水澤さんから聞いたよ」

と米川さんが、それに付け加えた。

「水澤さんから？」

私が驚いて聞くと、二人はうなずいた。

「詳しくは聞いてないけどね。なんか、支店局のスタッフから頼まれたことを抱えて、悩んでるみたいって」

米川さんは、私のために新たに注文してくれた天ぷらの盛り合わせをすすめながら言った。

「悩んでたのは、そのことだったのね。この前、話してくれればよかったのに」

私は箸《はし》を取らず、海老《えび》の天ぷらをじっと見つめて思った。よく考えれば、水澤さんが二人に伝えないわけがない。同じ会社の中のことだし。

「あなた自身が整理してから、私たちには話すと思う、と彼女は言ってたから。あえ

てこちらから聞かなかったんだけど」

米川さんは、課長をチラッと見た。

「業務時間外だから。気楽に話してみたら？」

と課長も言う。

「ありがとうございます」

と、私は頭を下げた。こうなったら、もう挑戦するしかない。

そして、割箸を割ると、海老の天ぷらをいきなり取った。課長も米川さんも、ギョッとしているが、私は、品よく揚げてある天ぷらを観察するように見つめた。

「以前は、天ぷらも、なにも考えずに、ただ『おいしーっ』て食べてました。でも、最近は、よく見て、考えることにしたんです。なにがどうなって、おいしくなってるのかな、って」

課長と米川さんは私を見ている。

「自分に作れるかどうかは別にして、知らないままでいるのは、やめようと。知ることが、大事なんで」

私は、天ぷらに塩をつけてパクッと食べると、もぐもぐやりながら、カバンの中から「要望書」を出して、ことの経緯を話し始めた。

でも話したのは、春山さんから頼まれた相談内容だけではない。誘われて行ったバーベキューの様子や、そこで鍋《なべ》のフタを開けてもかまわないんだと知ったこと、支店局の人たちと改めて仲良くなったこと、その流れで、自分なりのやり方で料理を始めたこと、そして菊池さんに自ら会って、彼女の気持ちを聞いたことまで。全て話した。

その上で、春山さんの要望に応《こた》えてあげたいと思っていることを、二人に話した。

これが今できる「私のやり方」だった。

一通り話し終えた私を前にして、まず米川さんが、

「結論から言うと――」

そば湯をつゆに注ぎながら、言った。

「私たちができることも、『ハイタッツ』のメンバーになることぐらいかな」

課長も、小さくうなずいた。

「そうね。すぐに、どうにかするのは難しいかな。今後、職場環境を整えるときには参考になる話だし、勤続スタッフが辞めた事例として、しかるべきところには上げておいた方がいいから」

一応、これは預かっておくね、と課長は「要望書」を受け取ってくれた。

「ありがとうございます」

私は言った。二人の反応は想定内で、要望書を受け取ってくれただけ良い方だと思った。

「だけど、そのスタッフの方、菊池さんは、更衣室やトイレができても、もどるかはわからない、と言ってるんでしょ？」

と、米川さんが私に聞いた。私は、うなずいた。

「菊池さんは、もどってこないかもしれませんが」

上司と先輩の顔を見て、ひるまずに言った。

「あの支店局に、そういうスタッフのためのトイレなり更衣室なりが、使われていても使われてなくてもある。それだけで救われるような気がするんです」

まだ新人の仕事もろくにできない私が、こんなことを言ったら生意気だと怒られるかもしれないけれど。

「あくまで……理想というか、いえ、ただの私の妄想かもしれませんが」

私は、ここで諦《あきら》めるつもりはなかった。

「どうにか、実現できないでしょうか？」

米川さんは、困ったように額に手をやって、

「あの支店局の建物は、雨漏りを修繕する方が……先なんだけどねぇ」

あなたの言いたいことは、わかるけど、と付け加えてくれた。

「そうね。もっと、小さな会社だったらね」

と課長も穏やかに諭す。でも私は、がっかりはしていなかった。むしろ二人の対応

に感謝して、

「とにかく、お忙しいのに、今日は聞いていただき、ありがとうございました」

もう一度、深く頭を下げた。

「自分が天ぷらを揚げるぐらい難しいと、わかってます。でも、どうしたらそれができるか、考えることだけはさせてください」

私の言葉に、優しい二人は顔を見合わせていた。

冗談でも、課長と米川さんが「ハイタッツ」のメンバーになったら面白いのになと思ったけれど、そういうことは現実には起こらない。でも、料理のレベルがハンパでないバーベキューは、是非参加してみたいと、二人は本気モードで言っていた。こちらは、実現する可能性は高い。もしかしたら、そこでまた、なにか良い作用があるかもしれないと期待している。

一方で私は、米川さんにお願いして、支店局の図面を、コピーさせてもらった。まず、トイレや更衣室を作る余分スペースが、物理的にあるのかどうか調べるために。そんなことも確認していなかった自分に、まだまだフタを開けていないことを自覚するのだった。

他の仕事に支障をきたさないよう、その図面は家に持って帰ってきて、なにかヒントがないかを探すことにした。

お気に入りの十五分リゾット、最近はトマト缶をプラスする新バージョンを編み出して、そのトマトリゾットを作って、うまいうまい、と自画自賛して食べながら、図面を見た。

素人目にも、建物に余分なスペースはなく、マイノリティーうんぬん以前に、

「全員これでいいの？」

と思うような造りだ。古い施設って、働く人のことを考えていないなぁ、などと思う。

仕事でもこういうことを考えてしまって、最近は、施設の不具合や修繕などを依頼してくるメールに対しても、定型の文章だけでもどすのが、難しくなってきた。なにをやっているかわからなかったときは事務的に仕事ができたけれど、色々と見えてくると手が止まってしまう。自社グループの保有する施設や不動産を大切にするのが仕事だけれど。建物を大切にするって、中にいる人間を大切にするってことなんじゃないのかな、と思ったり。

「フタを開けるほど、仕事に時間がかかるようになる」

と、複雑な思いでスプーンを舐《な》めていると、ピョッ、とスマホにメッセージが届いた。ママからだ。

『忙しいですか？　今度の週末、ごはん食べに来ない？』

この前ママが来たときに、「ごはん食べに帰るね」と約束したことを、すっかり忘れていた！

今週末は、また「ハイタッツ」の練習試合の応援に行く予定だったけれど、私はすぐにママに返信した。

『ありがとう。久しぶりに行きます』

親が心配しているのだから、ちょっとでも顔を出して安心させてあげなきゃ、と思える余裕が、今の私にはできていた。

久しぶりに実家の玄関を開けると、いきなり食欲をそそる匂いが私を襲ってきた。

「わぁ、いい匂い！　なに作ってるの？」

と、鼻を上に向けてダイニングに行くと、テーブルの上にはすでに何品か料理が並んでいた。ミートローフに、キヌアのサラダ、キッシュに、カットフルーツ。

「すごい、ごちそう……」

キッチンから、おかえりなさい、とママの声がする。私はそこへ入っていった。

「早かったわね。仕事、忙しいんじゃないの？」

「うん。仕事っていうか、最近は支店局の同好会みたいのに顔を出すことが多くて」

「ふーん」

とママは私の顔を横目で見た。

「去年働いてるときは気づかなかったけど面白い人たちで、みんな仲良くて、私のことも誘ってくれるの」

ママはそれにはなにも返さないので、私はなにか焼いているオーブンをのぞいた。

「すごい、お料理だね。他にも誰か来るの?」

ママは、いいえ、と言った。

「生徒さんからフルーツや野菜をいっぱいいただいたから。私たちだけで食べるのも、もったいないし。あなたが好きなものを作っただけよ」

「にしても……」

と私は解せないように返したが、コンロでママが作っているものを見て、目を大きくした。玄関まで香っていたのは、この匂いだ。

「もしかして、これって……」

大きなフライパンの中で、殻付きの海老《えび》やイカ、アサリ、ムール貝などの魚介が、シーフードにしか出せないよい匂いをたちのぼらせて煮えている。そして豪華な具材の下には黄色いごはん。

「パエリアよ。あなたが好きなものと、あなたが好きそうなものを、今日は作ったの」

「……パエリア」

　フタをしないで作れる、もう一つのごはん。それも上級編。私もさすがにレシピを見て断念した料理……。

「あと、もうちょっとかな」

　ママはお米を食べて硬さを見て、私に微笑んだ。

「好きなだけ、食べてってね」

　私は、それには応《こた》えず、レストランで出てきてもおかしくないぐらいに完璧《かんぺき》に仕上がっているパエリアを無言で見つめた。なにも考えなければ「超おいしそう！」な、それを。

　全ての料理が調って、テーブルに着いた私は、とんでもない量の料理を見渡していた。

「……パパは？」

　ママは時計を見て、今日はゴルフだからそろそろ帰ってくると思うけど、と返した。

「温かいうちに食べましょ。あなたに食べさせるために作ったんだから」

　パパを待つと言って、抵抗しようかなと思ったけれど、お腹も空《す》いているし、ママがそう言うならと、私はスプーンを取った。

「持って帰る用に筑前煮《ちくぜんに》もあるから。もちろん他の料理も余ったのは全部持って帰りなさい。一週間分にはなるんじゃない？」

ママは上機嫌だ。私は、ただうなずいて了解した。

「熱いから気をつけてね」

最初にママにすすめられたのは、オーブンから出てきたばかりの、オニオングラタンスープだった。私はそれをひとくち、すすった。驚くほど甘い玉ねぎのスープに、香りのいいチーズが溶けていて、なんとも美味だ。

「おいしい。チーズも」

「そう？　よかった！　玉ねぎを時間かけて炒《いた》めたかいがあったわ。チーズはグリュイエールよ」

私は、それ以上は飲まず、ほうれんそうのキッシュを取った。フォークで、ひとくち切ると、まわりの生地がサクッとしていて、中は玉子がふんわりとしていて、ほんのりまだ温かくて、最高においしかった。私が好きなママのメニューの一つであることに間違いはない。が、

「ホントは、誰か来る予定だったんじゃない？」

私はもう一度確認した。ママから笑顔が消えて、不本意だというような表情に変わった。

「そんな予定ないわよ。あなたのために作ったのよ」

どうも解せない気持ちで、私はまたフォークを取った。完璧なミートローフをひとくち。スパイスの利いたあとをひくキヌアサラダを、ひとくち。手作りのパテが塗られたバゲットのトーストを、ひと齧《かじ》り。カリッと揚げられたバジル風味のポテトフライを一本、食べた。

「どうしたの？　いつものあなたなら、涙を流して食べるのに」

全て、ひとくち食べて、それ以上は、なかなか進まない私を見て、今度はママが怪《け》訝《げん》な顔になった。

「だって……なんか、おかしい。なんで私にこんな、ごはん作ってくれるの？」

「なんでって。いつも、帰ってくれば作ってるじゃない」

「そうだけど、さすがに作りすぎだよ。異常だよ」

ホテルのビュッフェなみに並んでいる料理を、私と一緒にママもながめた。

「そうかしら？　あなたがくるから、がんばったのよ」

それは嬉《うれ》しいけど、と私はフライパンごと食卓に出されたパエリアを、まだ手をつけていないそれを見た。

「パエリア食べる？　おいしいわよー。奮発して本物のサフランも入ってるし」

ママは話を変えるように大きなスプーンを取ると、フライパンから具材とお米を美しく皿に取り分けて、私にすすめた。

「あんなリゾットより、おいしいから、食べなさい」

さらりと言ったママの言葉を、私は聞き逃さなかった。

「え？」

と、一瞬耳を疑ったが、ママは表情を変えず、自分の皿にパエリアを盛っている。

「あんなリゾットって？」

停電中に、ママに作ってあげた私のリゾットのことだ。それ以外にない。空腹のせいかもしれないけれど、血の気がひいていく感覚がした。

「ママ、『おいしい』って言ったじゃない？」

ママは、なにも言わない。私の方も見ない。

「おいしいって言ったのは、嘘だったの？」

私がさらに問うと、自分のお皿を置いて、ママは私に面と向かった。

「言ったけど。自分でごはんを作れるようになって、よかったなと思ったけど。あんなものばかり食べてちゃいけない、って思ったのよ。別の心配が出てきた、ってわけ」

あんなもの？　と私は眉間《みけん》にしわを寄せた、なにを言っているのか、さっぱりわからない。

「手作りでも、あんないいかげんなものを食べてたら、体に良くないし。せっかくママのちゃんとした料理で健康に育ったのに。本物の味を忘れちゃうといけないから、今夜はちゃんと本物を思い出してもらおうと思って、作ったの」

と目の前の料理を指した。私は料理は見ずに、ママを見つめていた。

「私が作ったリゾットを食べて、ママは感動してくれたと思ってたんだけど？　私のことは大丈夫、って思ってくれたと……そう思ってたんだよ？」

ママは聞こえていないかのように無視して続けた。

「ほら、私が英語を教えてたタカシくん。彼も独り暮らしを始めたら、激辛にハマっちゃったらしくて、外食でも自炊でも、辛いものばかり食べてるって、お母さんが嘆いてたわ。なにを作ってあげても、味が薄くてマズい、って言うようになっちゃったんだって」

そうなったら困るでしょ？　というような顔でママは私を見返した。

「そんなことは、どうでもいい」

私は、いたって冷静に返した。

「私の質問に、ママは答えてくれてない」

AIマザーに負けてはならぬと、私はより強く相手を見つめて、返した。

「あのリゾット、おいしくなかったの？」

ママは、小さくため息をついた。

「おいしかったけど。感動したけど。もっとおいしいものがあるってことを忘れないで、と、パエリアを指した。

「食べてみれば、わかるから」

私は、ムール貝と海老がのっかっているそれを見つめた。ママは続けた。

「あなたはパパと同じで、目の前にあるもので満足しちゃうから。仕事だってそうよ。もっと上を見て、自分がもっとスキルアップできる職場に転職したって、いいんじゃないかとママは思うわ。入社してすぐ転職もありの時代なんだから」

ママは私のお皿にイカを追加してのせて、不満げに呟《つぶや》いた。

「……郵便局の人とつるんでる場合じゃ、ないでしょ」

パエリアから目を逸《そ》らさず、私は無言でいた。

私が、甘かった。

ママがそんなに簡単に変わるわけがない。自分が、情けなかった。自分が少し成長したと思ったことも、おごりだと思った。なんともいえない無力感に、私は襲われた。こんなに身近にいる家族すら、説得できない自分に、いったいなにができるのだろう？

「……わかった。食べるよ」

自暴自棄になった私は、乱暴にパエリアの皿を取って、それをひとくち食べた。

「おいしい」

「でしょ？」

　とママは嬉しそうだ。私は、もうひとくち食べた。そして皿を持ち上げて、かきこむように一気にそれを食べ始めた。前にもこんなシチュエーションがあったな、と思いつつ。結局、なにも変わっていないということ。ＡＩマザーに、私のやり方を認めさせることは、できないのだ。もうどうにでもなれと、私は海老《えび》の殻も尻尾《しっぽ》もバリバリと噛み砕いて、飲み込んで、ウッと喉《のど》につまる。

「ちょっと、ゆっくり食べなさい！」

　ママは驚いて私を見ている。私はかまわず、米つぶを飛ばして言った。

「おいしいよ！　すっごく、おいしい！」

　それは嘘ではなかった。魚介の味がお米にしっかり沁《し》み込んでいて、サフランライスのいい香りが口に広がり、めちゃくちゃおいしかった。私のトマトリゾットなんかと比べたら、そりゃ、各段においしかった。

「お米の硬さも、完璧《かんぺき》だね！」

　とコメントした私は、思わずせき込んで、止まらなくなり、コップの水を飲み干した。そして息をつくと、ぽかんとしているママの顔を見た。

「おいしいよ。でも、二度と……食べたいとは思わない」

ママは言葉を返せないでいる。

「食べたくない」

私は首をよこにふって、くり返した。

「ごちそうさま」

立ち上がった私は、バッグとコートを持って、玄関へと向かった。

「ちょっと、渚ちゃん！」

とママが呼んだが、私は靴を履くと後ろを見ずに、家を出た。

「筑前煮《ちくぜんに》もいりません。そもそも嫌いなんだママの。薄味で」

と、言い捨てて。


頭にくるやら、泣けてくるやらで、そのまま自分の部屋に帰る気もせず、駅前のハンバーガーショップに入った。

涙目でメニューを見て、さっき実家で食べたものを忘れるために、ダブルバーガーLLセットを頼んだ。それを受け取って、カウンター席に座ったけれど、もちろん食欲などあるわけがない。コーラだけ、ちょっと口にして、目の前にあるハンバーガーをぼんやり見ていると、

「目の前にあるもので満足しちゃう」

というママの言葉が浮かんで、またハンバーガーがぼやけてきた。怒りがこみあげてくるのは、悔し涙が出るのは、なぜだろう？

ようやっと自分のやり方を見つけたんだから、自信を持てばいいじゃないか。ママがそれを受け入れられなくても、あっそうですか、と笑えばいいのに。それができないのは、ママに認められたいと思う自分がいるから。ママの価値観から、逃れられないからだ。それって結局、自立してないってことなのだ。

私は、ハンバーガーの紙を取って、食べたくもないのに、ひとくちかじった。中学生になって、初めて自分で好きな店を選んで、好きなバーガーを買って食べたとき、こんなにおいしいものがあるんだ！　と感激したっけ。でも、家に帰って、それを食べたことをママには内緒にした。

「……中学のときの方が、賢かったな」

私はまた落ち込んで、バーガーを紙に包んでもどした。

ため息をついていると、ピョッ、とスマホにメッセージが届いた。どうせママだろうと思って見なかったが、続けて、ピョッと鳴って、

「うるさいな！」

と、消音にしようとスマホを取ると、菊池さんからだった。

『マネージャーから、今日の試合結果でーす。なんと、強敵のブラックキャッツに勝

ちました！　ちなみに来週は練習はお休み。お知らせまで』

そんなメッセージを見ただけで、目が潤んでしまった。私はすぐにリプライした。

『ブラックキャッツに勝利、おめでとうございます！　応援に行けばよかった。こちらは、大敗しました……』

と思わず、いらない言葉を付けて返してしまった。誰かに話したかったのは否めない。すると、

『ソースちゃん、なにと勝負してたの？』

と、菊池さんからすぐにもどってきた。

『母親』

『仲悪いの？』

『宿敵、なんです』

『アハハ、わたしと同じだね！　相手が悪いね。そいつはね、簡単には落ちないよ』

私は驚いてそのメッセージを見つめた。時間が空いてしまったので、菊池さんから、また送られてきた。

『大丈夫？　もしかしてソースちゃん、流血とかしてる？　もしくは母親が病院に搬送された？』

私は慌てて返信した。

『そこまでのバトルじゃないです』

『あっそ。なんだ、つまんない』

『菊池さんとこは、そんな戦いになるんですか？』

『まあね。母親に「こんなの着るな！」って、ドルチェ&ガッバーナのキャミソールを破かれたときは、こっちも頭にきて、ババアのウイッグを摑《つか》んで、トイレに捨てて流してやった！　値段的には同じ』

私はスマホを見て、爆笑していた。まわりの人が私を見ているけれど、かまわなかった。

また、ピヨッ、とメッセージが届いた。

『ソースちゃん。その試合は、気長にやった方がいいよ』

送られてきたメッセージを見て、私の笑いは止まった。

『終わらない戦いかもしれない。親子だからこそ』

あえて彼女が待ってくれているような気がして、私はメッセージを打った。

『怖いんです。負けちゃいそうで』

少し間があって、菊池さんから返ってきた。

『母親に、じゃなくて、自分に、でしょ？』

私は、その文字にうなずいて返していた。続けてメッセージが届いた。

『大丈夫。大切なのは、負けても勝っても闘い続けること。うちのチームみたいにね』

菊池さんの言葉は胸にしみた。私なんかよりも大きなものと闘い続けている人から出てくるそれは、シンプルで、現実的で、重くて、けれど勇気をもらえるものだった。

『ありがとうございます。菊池さんに話してよかったです』

と返した。どれだけ救われたかを伝えたかったけど、このぐらいしか書けない自分がもどかしい。

『どういたしまして！ 早く帰って寝なさいね』

ん？ なんで外にいるのがわかったのだろう、と私はあたりを見回した。間をあけず、ミッフィーが眠っているスタンプが送られてきて、私もおじぎをしているプーさんのスタンプを返したけど、もう既読にはならなかった。

スマホを閉じて、私はコーラの残りをストローで吸いながら、窓の外を眺めた。彼女も母親とケンカして、夜の街をさまよった経験があるからに違いない。だから、わかるのだ。お腹がグーと鳴った。冷めたポテトが、おいしそうに見えた。

菊池さんの言葉に救われた私は、春山さんが、なぜそこまで彼女を失ったことを悔いているか、その意味の本当のところがわかった気がした。彼女に代わる人はいないし、職場に色々な人がいることがどれだけ大切か、今はとてもわかる。それを排除してはいけないことも。

　でも現実は厳しい。真剣に話を聞いてくれた課長と米川さんだったが、あれ以来、雑談の中でもそのことには触れない。予想していた展開ではあるけれど。おまけに、出張中の課長に頼まれて、代わりに資料を探したとき、デスクの下の紙袋に私が渡した「要望書」が差し込まれているのを見つけてしまった。

　私のやり方は、どちらも苦戦している状況だ。闘い続けるとしても、どうやってそれを続けたらいいのか？　あんなもの、と言われてからリゾットも作る気がせず、行き詰まった私は、金曜の夜、自然と支店局の社員食堂へと、足が向いていた。

「あら、また来たの？」

　顔を見るなり、調理スタッフのおばちゃんに言われ、

「いつでもいらっしゃい、って言ってたじゃないですか」

と返すと、言った言った、とおばちゃんは笑って、食券も見ないで冷凍庫にコロッケを取りに行ってくれた。

　速やかにそれを揚げてくれるおばちゃんに、私は打ち明けた。

「ここの特製のソースを真似して、自分でも作ってみたんです」

おばちゃんはニヤッとして、首をよこにふった。

「なにが入ってるかは私も知らないの。店長の秘伝で彼が作ってるから。それで、作

れたの？」

「いえ、ほど遠いです。ただ、方向性は間違ってないと。最近は、りんごジャムを入れてみたり」

「なるほど。いい線いってるかもね」

「なので、本家の味を久しぶりに確認してみたくて」

おばちゃんはうなずいて、コロッケを油からあげると、

「うまくできたら、レシピ教えてね」

と、できあがった定食を渡してくれた。

「はい。よく味わって研究して帰ります！」

と、そのソースを、いつものようにたっぷりコロッケにかけた。空いてる席にトレーを持っていって、座った私はまわりを見まわした。

「いない……ね」

本当のところは、春山さんに会いたかったんじゃないの？　と自分に聞いた。この前と同じ時間だからいるかもしれないと思ったけれど、そうはうまくはいかない。

私は黙々と、コロッケ定食を食べ始めた。揚げたてのコロッケは変わらずおいしかった。久しぶりに私を満足させてくれるごはんで、あっという間に半分以上たいらげてから、

「やばっ、ソースの味！」

ちゃんとそれを吟味してなかったことに気づいた。しかたがないので、カウンターにソースをおかわりしにいくと、

「さすがに、ソースかけすぎじゃない？」

と言われて、ふりむくと春山さんだった。

「春山さん！」

私の反応に彼は驚いて、一歩下がった。

春山さんと向き合って、ごはんを食べながら、私は正直に「要望書」を上司に渡したけれど今のところ良い方向には進展していないことを伝え、謝った。デスクの下にあったとまでは言えなかったけれど。

彼も、素直にがっかりしている表情を浮かべた。

「巻き込まれてるソースちゃんがかわいそうだから、忘れろ、って菊池さんにも言われてるんだけどね……」

と言う。それでも彼の意志は変わらないようで、

「でも、諦《あきら》めるのだけは、やめようと思う」

春山さんも闘い続ける、というスタンスだ。

「諦めるということは、居場所を失うことだから。自分の問題だと彼女に思わせて排除してるわけで」

彼の言葉に感動して、私は大きくうなずいた。

「そのとおりです！　私も諦めません！」

春山さんは私の声の大きさにちょっと驚いていたが、うなずいて返した。そして箸を取ると、聞いた。

「で、親子げんかの方は、大丈夫なの？」

えっ、なんで知ってる？　と私が驚くと、菊池さんに聞いた、と春山さんは笑う。

「実は、そっちも行き詰まってるんです」

私は、彼に打ち明けた。

「料理がまったくできなかった私ですが、春山さんが、ごはんを炊いてる鍋《なべ》のフタを開けるのを見て、概念が変わって、ヘタなりにも料理を作れるようになったんです――」

それを母親にごちそうしたのに理解されなかった、とケンカに至った経緯を、一気に話してしまった。春山さんはマーボー丼を食べながら黙って聞いていたけれど、

「それは、なんでパエリアなんだろうね？」

と言った。意表をつかれた問いに、私は返した。

「それは、正しい本物の形を私に見せたかったんだと」

「だったら、正しいリゾットを、作ってみせたらいいじゃない？　なんでそうしなかったのかな？」

私は黙って、リゾットで勝つ自信がなかったんだよ」

「たぶん、リゾットで勝つ自信がなかったんだよ」

彼は、鋭い眼で言った。

「パエリアは派手だし、『どーだ！』って見せて、参りましたとソースちゃんに思わせることができると、思ったんだよ」

コロッケの最後のひとくちをお箸《はし》ではさんだまま、私は動きを止めた。しばらく固まっていたが、驚きが、ようやく言葉になった。

「それは、マ……母が、マウントをとってきた、リベンジしてきた、ってことですか？」

「そうなんじゃないの？」

彼は、なにも不思議でないという顔だ。

「うちのオヤジも、おれが洒落《しゃれ》た服を買うと、必ず似たような服買ってきて、『どーだ！』って張り合って着て見せるよ。ガキみたい」

ええーっ！　親って、子供と張り合うものなのぉ？

「ソースちゃんがお母さんを宿敵と思ってるなら、向こうもそう思ってんじゃないの？」

私は口を開けて、あの日、並んでいたごちそう料理の数々を思いだしていた。本物の味を忘れないように、とか言っていたけれど。私、すごいでしょ？ アピールだったとしたら、非常にがってんがいく。負けてなるか、と作ったのだとしたら……。

「それだけ、ソースちゃんの作ったリゾットがおいしかったんじゃないの。停電中に作ったってのも、すごいじゃん」

私は、箸を置いた。

「……気づかなかった」

ＡＩマザーは、負けず嫌いだった。

自分の母親なのに、それに気づかないで生きてきた自分が、本当に子供だと思った。

「本人は無意識でやってるだろうけどね」

と、春山さんは私より先にマーボー丼を完食した。衝撃を受けている私は、対照的に淡々としている彼を尊敬の目で見て、

「どうしたら、成長できるんでしょうか。春山さんみたいに」

思わず聞いてしまった。彼は、その質問にちょっと黙っていたが、返した。

「歳上の人に、そう聞かれてもね」

えっ？ と私は春山さんの顔を目を大きくして見た。

「春山さんって、年下なの？」

うん、と彼はうなずいた。でも、ここでずっと働いてるって言ってなかった？

「知ってのとおりバイトだから。高校の頃からずっとここで働いてる」

親もしかり、年齢は関係ないのだと知った、夜だった。


「リベンジに、リベンジしたい？」

菊池さんは眉間《みけん》にしわをよせて、よこにいる私に聞き返した。

「はい。母を、ぎゃふんと言わせたいんです」

ぎゃふん、って久しぶりに聞いたわ、と菊池さんは逆の隣に座っている東野さんの方を見た。

「でも、持田さんの気持ち、よくわかるな」

と東野さんはうなずく。その隣には和代さんがいて、

「私の母は九十だけど、まだ私を子供扱いするものね」

と言う。女四人、いつものグラウンドのベンチに並んで座っているが、本日は練習試合の後に、ちょっと早い忘年会があるということで、バーベキューのときのメンバーも観戦に来ている。

「そうなのよ。子供扱いしときながら、娘はライバルなのよ」

と菊池さん。私の場合、突然息子が娘になったもんだから、よけい敵視してくるのよねぇ、と鼻息を荒くする。

「元男の私の方が、自分より女っぽいのが悔しいのよ！　ソースちゃんのママと同じよ。私が女の恰好《かっこう》するようになってから、自分も妙にカワイイもの着るようになった」

東野さんも和代さんも、それにはコメントできないでいるが、

「それと、似てるかも、だけど」

東野さんは自分のケースも語った。

「一緒に住んでると、自分も若いと錯覚して、ちょっと歳上の姉ぐらいに思ってる。気づいたら、私と一緒に推し活グッズ買ってるし」

それもわかる、と和代さん。

「そうなっちゃうのよ。だから私は、娘を早いとこ追い出したの」

女四人は同時に、大きくうなずいた。

みんな感じていることなんだと、私はちょっと驚いた。菊池さんは私に教えるように強い口調になった。

「育ててくれたことには感謝するけど、それとこれとは別。親子でも価値観、人格、言論の自由は守らなきゃ」

私はうなずいて、再度、意志を表明した。

「それを認めさせるにも、やはり勝負に勝たなきゃと思うんです。母にぎゃふんと、負けました！　と言わせたい」

皆は、うーん、と唸《うな》って、事の難しさを表している。

「勝つには――」

と菊池さんは、打席に入っている春山さんを見つめた。本日の練習試合の相手は、シルバー人材センターの人たちがメンバーだという「オジジーズ」だ。元プロもいるらしく、老人だとあなどってはいけないらしいが、

「――弱いところをつく」

と彼女が言った瞬間、コーン！　と春山さんはヒットを打った。中でも一番お年とわかる外野手の前に落ちたボールは、股下《またした》を転がっていった。春山さんは三塁まで走ってセーフ。こちらに手をふった。

「手かげんしちゃいけない」

菊池さんの言葉を、私は心にとめた。

「じゃ、お母さんが作れないものを、作って見せればいいんじゃない？」

と、和代さんが言った。

「私も娘が、自分には作れない凝ったデコスイーツやケーキを作ってるのを見ると、尊敬しちゃうもの」

屋外であんなおいしいパンを焼けるような和代さんでも、そんなことを思うのかと、私は驚いた。

「ママが、作れないものを作る」

私は、よっちゃんが打席に入るのを視界の端で見ながら、考えた。

「ママが作れないもの……」

三人は、私から出てくるものを待っているが、

「なんて、あるのかな？」

私の声は暗かった。あわれむように皆が私を見たとき、鈍くバットにボールがあたる音がして、ホームベースにもどってきた春山さんは、タッチアウトを取られた。

「アウトぉ！」

審判の声が響いた。

ママが作れないものを考えているうちに、クリスマスが来てしまった。

『クリスマスには、恒例のローストチキンを焼きます。忙しい？』

すでにママからは、何事もなかったかのようにメッセージが来ている。様子をうかがっているようにも読めるが、結局のところ、どんなに私がキレて怒ったところで、私のことを一人の人間と認めていなければ、向こうはダメージを受けないのだ。自我

を持ち始めた赤子が、イヤだー！　と手足をバタつかせて泣いている、ぐらいにしか思っていないのだろう。

もちろん既読スルーしているし、帰るつもりはない。が、さすがに、お正月はお兄ちゃんも赴任先の北海道から帰ってくるだろうし、私も行かないわけにはいかない。ケンカしていると公にして、欠席するのもありだけどな、と思いながら、私は会社帰りにまたデパ地下に、アジフライを買いに来ていた。

私の特製ソースは日ごとに進化しているが、ここの品のよいアジフライが、他で買うものより絶妙に合うのだ。第一印象が良かったというのもあるけれど。買ったアジフライを手に、ふらふらと他も見てまわると、

「わー、おいしそう」

売場はクリスマス商品であふれていた。生クリームたっぷりのケーキや、ドライフルーツが詰まったシュトレーン、モチーフがかわいいクッキー。お菓子だけでなく、クリスマスパーティー用のお惣菜《そうざい》も並んでいる。テリーヌ、チーズ、パテ、ピクルス、ローストビーフにローストチキンと豪華だ。

「チーズ以外、全部、ママは作れるな」

と課題を思い出してしまい、一気に暗くなる。チーズ作りを学びにスイスか北海道に行くしかないようだ。

「だいたい、ママが作れないものを、私が作れるのか、って話だよね」

とブツブツ言いながら、私はデパ地下を回遊し続けた。ちょっと人が少ない和風エリアに来ると、早くもお正月に向けた商品が並んでいる。帰省やお年賀用の進物や、おせちの見本だったりするが、要予約のおせちは『完売』の札が目立つ。それを見て、さらに暗くなってきた。

「おせち……」

それこそ今年は、私に見せつけようとここぞと完璧《かんぺき》に作って、

「どーだ！　って出してくるだろうな」

私は立ち止まって、老舗《しにせ》のお惣菜屋さんの、おせちの見本を見つめた。栗きんとん、数の子、昆布巻き、紅白なます、伊達《だて》巻《まき》、煮しめ、田作り、黒豆、焼き物、錦《にしき》玉子、カマボコ……。

「あっ」

と私は、あることに気づき、目を大きくした。そして見本のおせちに顔をよせた。

よこにいた店員さんが、

「お客様、申し訳ありません。こちらのおせちセットは完売いたしまして。バラでしたら、まだ何点かございますが」

と声をかけてきた。私はそれを見つめたまま、首をよこにふった。

「大丈夫です。ありがとうございます！」

ぽかんとしている店員さんに、ありがとうございます！　と、もう一度お礼を言うと、私は走るようにそこを離れた。アジフライを胸に、急いで私は帰路へと向かった。

『黒豆』と、『錦玉子』だ！」

その二つは、ママが唯一、自分で作らないものだと思い出したのだ。それだけは、上手に作れないから買うのだとママは言って、年末にその二つを高級スーパーに買いに行くのが、パパと私の仕事だった。

そして子供の頃、ママと亡くなったおばあちゃんが、お正月に決まって同じ言葉をやりとりしていたのも。

買ってきた黒豆を見て、必ずおばあちゃんがママにこう言うのだ。

「栗きんとんも伊達巻も作るのに。なんで、黒豆を煮ないのかしら？」

それにママが返す。

「黒豆は、しわがよっちゃったり意外と難しいじゃない。時間がかかるし」

「あら、水に入れて煮るだけよ？　錦玉子だって、ゆで玉子で作るだけじゃない？」

「でも、蒸したり、けっこう面倒よ」

「地味なものに時間をかけたくないのよね。あなたは派手好きだから」

よこで二人の会話を聞いている子供の私は、おせちは全部地味だよ、と思うのだった。けれど今の私には、その言葉がまったく違って聞こえた。なにより、おばあちゃんの言った言葉に、私は運命的なものを感じていた。

「水に入れて煮るだけ！　ゆで玉子で作るだけ！」

作れる！　それなら、私に作れるかもしれない！　飛ぶように部屋へと帰った私は、レシピを検索しまくって、おばあちゃんの言ったことが嘘ではないとわかると、やはりこれしかない、と確信した。そして、ママにメッセージを送った。クリスマスには帰らないけれど、『お正月には帰ります』と。

第六話　おせちでファイト！

元旦《がんたん》は、私の挑戦を応援するかのように青空が広がり、晴天だった。電車で実家に向かいながら、集配営業部は、一番忙しい日だなと思った。春山さんや和代さん、よっちゃんは、年末から休みなく働いていることだろう。私も手伝いに行きたいぐらいだが、今日は勝負の日だ。良い結果を、春山さんや菊池さんに伝えに行けるようにと願って、私は膝《ひざ》の上に抱えているものを見下ろした。準備は万全である。

ママが苦手な料理二つは、不思議なぐらい私向きの料理だった。

まず『黒豆』は、検索すると古釘《くぎ》や重曹を入れて煮るレシピが主に出てきた。でも私はおばあちゃんが言った、「水に入れて煮るだけよ」という言葉を信じて、検索を続けた。すると本当に、黒豆と水とお砂糖と、ちょっとのお醤油《しょうゆ》だけで作れるレシピがヒットした。

ホントに簡単だった。洗った黒豆を六倍の水に浸《つ》けて、一晩置く。そして同量の砂糖を加えて、火にかけて、沸騰したら出てくる泡みたいなの（アクってやつ）を軽く取って弱火にし、あとはシワ防止にキッチンペーパーを煮汁の表面にぴったりとのせて、箸《はし》をはさんで軽くフタもして、さらにコトコトと煮る。箸で切れるぐらい柔らかくなったら、醤油を入れて火を止めて、あとは冷まして、一日以上置いて味が染みたらできあがり。

「ごはん炊くのと、あまり変わらないじゃん？」

なんでママは、こんな簡単なものを作らないのだろう？　と不思議だった。でも、おばあちゃんが言うように、とにかく時間はかかる。一晩黒豆を浸けておくのも、四時間近くコトコト煮るのも。でも私には、その時間がとても楽しかった。乾燥している黒い豆は水に浸すと、最初は水を吸ってシワシワになるけど、そのうちふっくらとしてきて、ピン！　と皮がはる。火にかけると、その豆がさらにふくらんできて、汁が減るほどにツヤツヤと輝いてくる。まるで原石が宝石に変わっていくのを見ているかのようだ。豆の状態を観察しているのが楽しくて、フタを何度も開けて見て、豆の硬さを確認して、幸せな時間だった。

『錦玉子』も、今や私が一番得意とする固ゆで玉子が、材料となる料理だ。それを白身と黄身に分けて、網で裏ごす。スパイスを潰《つぶ》したときに菊池さんに驚かれたけど、細かくする作業が、私は好きみたい。時間はかかるけど、単純作業だから苦にならない。裏ごしした玉子は、それぞれに砂糖と片栗粉を加える。そして型に、まず白身のペーストを敷き詰めて、その上に黄身のペーストを敷いて、トップはふんわりさせて、ツートンカラーにする。それを型ごと蒸す。

本来は専用の四角いアルミの型で作るみたいだが、私は、サランラップの空き箱にラップを敷いて代わりにした。レシピを見て、4分ぐらいだったら……紙箱でも持ちこたえてくれるだろう、と試してみたら、壊れずに代わりを果たしてくれた。

「かわいい！」

うっとりと私は、黄色と白の羊羹《ようかん》のような、自分が作ったとは思えない錦玉子を見つめた。

冷えてから切って食べてみると、既製品のものとは、まったく違った。やさしい味だけど、玉子ラブの人間にはたまらない、カスタードクリームやプリンといった玉子スイーツ枠に入るぐらいの、おいしさだった。

黒豆も作りながら味見ばかりしていたけれど、煮上がってから一晩以上、冷蔵庫で寝かせた完成形を改めていただくと、それも煮豆という次元を超えたおいしさだった！

「ほっぺたが、落ちるって」

こういうことだ、と私はつるつるの皮と、どこまでもやわらかいお豆を口の中で堪《たん》能《のう》した。間違いなく最高のレシピだと思った。

試作はおいしく自分でいただいて、本番は、実家用にちょっと甘味を調整した。二度目なので、さらに上手《うま》くできあがったと思う。

ママが苦手な料理が、偶然にも私向きだった。最初はそう思ったけど、作っているうちに、偶然でも不思議でもないと、わかってきた。ママと私がそれだけ対照的だということを、料理も表しているだけのこと。電車に揺られながら、そう思った。

電車はスピードを落として、実家のある町の駅のホームに入っていった。

「いざ、プレイボール」

私は立ち上がり、電車を降りた。

バンッ！と実家の玄関の扉を勢いよく開けると、

「うわっ、ビックリした！」

パパもちょうど家を出ようとしていたらしく鉢合わせした。のけぞっているパパに、

「あけましておめでとう」

と、私が言うと、おめでとう、とパパは返して、私をまじまじと見た。

「なんだ。元気そうじゃないか」

「元気だよ」

「ママが、ろくなもん食ってなくて、ボロボロだって言うから……。むしろ前より元気そうに見えるな。太ったか？」

最後の一言にムッとして、嫌でも血がつながっているとわかるパパの顔を見て、忠

告した。

「AIの情報を信じちゃダメだよ」

AI？　意味がわからず、ぽかんとしているパパに、私は聞いた。

「どこか行くの？」

「ちょっと……酒でも買いに行こうかな、と」

パパはチラッと後ろを見る。

「なに、ビクビクしてるの？」

パパは声を小さくして言った。

「渚ちゃんや、お兄ちゃんが帰ってくるときは、大変なんだよ。ママ、ここぞと料理をしまくるからさ。朝ごはんも食べられないし、うろうろしてると怒られるから、お茶も飲めない。おれまで天ぷらにされちゃいそうで」

「それでパパ、いつも、いないんだ？」

「邪魔だからどっか行けって言われるし」

「さすがに、お正月にどっか行けはないでしょう？」

おどおどしている父親を見て、腹が立ってきた。

「もう、あんたがそんなだから、暴走するんだよAIが。ほら、部屋にもどって！」

「あんた、って」

パパは私を見て、渚ちゃん、変わったね？　と驚いているが、私はパパの背中を押しながら、ダイニングへと向かった。

もう一人の男は、すでにテーブルに着いていた。

「お兄ちゃん、あけましておめでとう」

「ああ、おめでとう、久しぶり」

お兄ちゃんは、私に気づいてこちらを見た。北海道の病院で医師として働いているお兄ちゃんは、シュッとしていてママからもらったDNAをその顔に感じる。が、こちらの男にも、戸惑いの表情が見てとれる。お兄ちゃんは、私に助けを求めるかのように、

「渚。うちの正月って、こんな、だったっけ？」

と聞いて、自分の前に並んでいる、すさまじい数の料理を指した。

何段ものお重に詰められたおせち料理はもちろんのこと、お雑煮、お重に入りきらなかった蕪《かぶら》寿司、松前漬け、和菓子の盛り合わせ、洋風のオードブルもある。まさにデパ地下で見たのと同じ。テリーヌ、チーズ、生ハムのサラダ、ローストチキン、海《え》老《び》とアボカドのカクテル、ミートパイなど、テーブルはほぼ隙間なく料理で埋められている。クリスマスに作ろうと思ったものも、一緒に出したのだろう。

「なんなの、この量？　他に客が来るの？」

「いつもこんなもの、だったと……思うよ」

パパは小さな声で言うが、お兄ちゃんはかまわず大きな声で問い返した。

「いったい、誰が食うの？　こんなに？」

「あなたたちが食べるのよ。そのために作ったんだから」

ママがキッチンから出てきた。一人でホテルのビュッフェなみの料理を作っておいて、汗ひとつ額に見せず、お正月用に買ったと思われる下ろしたてのカシミアのセーターを着て、しっかりお化粧もしている。さすがＡＩ。ちなみに私は、朝まで料理の仕上げに追われていてスッピンだ。

「いきなりこんなに食ったら、血糖値上昇して、患者より先に検査に送られちゃうよ」

医師らしい冗談だが、

「あなたも忙しくて、ろくなもの食べてないんでしょ」

とママは言って、寿の文字が入った割箸を、箸袋《はしぶくろ》に扇の形の箸置きにのせていった。

「渚ちゃんも、ほら座って。いただきましょう」

去年の出来事は、もうなかったかのように言うママに、私は若干声をはって言った。

「ママっ。私も、おせち、作ってきたの」

箸を置きかけていたママの手が、ぴたりと止まった。

「黒豆と錦《にしき》玉子を、手作りしてきたの」

私は、それが入っている紙袋を差し出した。

「よかったら、一緒に食べて」

ママは驚きを隠せない表情で私を見た。

「黒豆と、錦玉子を？」

「うん。黒豆は水で煮るだけだし。錦玉子はゆで玉子で簡単に作れるから」

ＡＩも、さすがにこの展開は予測していなかったのだろう。言葉を失っている。私とママは、無言で見つめあった。

「渚ちゃんが、おせちを？　驚いたなぁ！」

パパは、睨《にら》みあっている二匹の犬の間でおろおろしているおサルのように、私とママを交互に見ている。お兄ちゃんは、

「食うものが、さらに増えた！」

嘆きに近い声をあげた。

正月料理を囲んで家族四人は、無言でいる。まるで通夜ぶるまいを食べているかのように、静かだ。

「おいしいね」

パパがときどき思い出したように言うが、言うわりには料理ではなく、お屠蘇《とそ》ばか

り飲んでいる。四人で黙々と料理をつまみ、少しずつママの料理は減ってきている。けれど私の「黒豆」と「錦玉子」には、まだ誰も箸をつけていない。実家の小鉢と絵皿を借りて盛り付けて食卓に出したので、見た目にはなかなか美しい。ママは、それをじっと見ていたがとくに言及はない。そして誰も、手をつけない。

男性陣が手をつけないのは、私とママの間にある緊張感を本能的に感じて、あえて避けているのだろう。危うきに近寄らず、という表情をしているパパとお兄ちゃんの顔を見ていて、ふと、彼らはママが負けず嫌いであることを、もしかしたらずっと前から知っていたのかも、と思った。知らなかったのは、私だけなのだ。

ＡＩにコントロールされていたのはパパでなく私だ。ママのおせちを、一つ一つ味わいながら考える。それは相変わらずおいしい。でも、それだって子供のときから食べているから、おいしいと感じるわけで、洗脳かもしれない。私は煮しめに箸をのばして、ゴボウを口に運んだ。

「……あ」

その味は、いつもと違った。ママがこちらを見ている。私がこの前言い捨てた言葉、「嫌いなんだママの。薄味で」の言葉を受けて、濃いめにアップデートされている。

「お煮しめは、パパが塩分ひかえめにしなきゃいけないから、いつも薄味だけど。お正月ぐらいは濃い目にしたわ。その方が日持ちもするし」

ママは皆に聞いた。

「どうかしら？」

でも、その視線は私に注がれている。ママは私に、おいしいと言って欲しいのだ……。

私の好みに味を変えたお煮しめを食《は》みながら、私は目を伏せた。普通に考えれば、子供が喜ぶ料理を、寝る時間も削って一生懸命作ってくれる、いい母親である。働き始めた子供の健康を心配して、良いものを、本物を食べさせたいと思うのも親として当然だ。「おいしい」と言ってもらうことを純粋に喜びとして、ごはんを作ってくれているだけなのかもしれない。

そんな母親のことを、負けず嫌いだ、価値観を押し付けるAＩだ、と思う方が、逆にひねくれているともいえる。「おいしいよ」と言ってあげれば、それですむこと。

その方が、よっぽど自立した大人の対応だろう、と思ったとき、

「おれまだ、煮物までいってない。食うものありすぎて」

お兄ちゃんが、ママの問いに答えてしまった。

「フードファイトだな、こりゃ」

ローストチキンの肢《あし》を食べながら、お兄ちゃんは呟《つぶや》いた。

「……ファイト」

その言葉に、私はハッと我にかえった。

ファイト！　そうだ、私は闘いを挑みに来たのだった！　敵が煮しめの味を変えてくるなんてことをするから、うっかり「おいしい」と言ってしまうところだった！

私は、かじりかけのゴボウを、それが毒入りかのように慌てて皿に置いた。危ない、危ない。もう少しで、AIの巧妙な戦略にのってしまうところだった。ママは私が煮しめを吐き出したのを見逃さず、眉《まゆ》をひそめている。その手にはのらんぞ！　と私は、睨んで返した。

「おいしくない？」

抑揚のないAIボイスで、ママは私に聞いてきた。

「おいしいよ」

とパパが言ったが、ママも私も、パパの声など聞こえちゃいない。

「あなたが薄味だって言うから」

詰め寄ってくる敵に、もうこうなったら、こちらから宣戦布告するしかない、と私は箸を置いた。

「この煮しめが、おいしいか、マズいか、知りたければ――」

ママに正面を切って言った。

「まずは、私の作った黒豆と錦玉子を食べてよ。パパもお兄ちゃんも。遠慮しないで食べて」

母、父、兄の三人は、驚いて私を見た。弱腰の男性陣も、この戦いに巻き込んでやろうじゃないか。

『私のおせち』を食べて、おいしいかマズいか、感想を言ってほしい。そしたら私も、おいしいか答えるから」

私は、食べかけのゴボウを指した。ママは黙っている。私は続けた。

「ママは、黒豆と錦玉子は作らないから、あえて、それを作ってきたの。時間かけて作った、本物だよ」

ママが微《かす》かにムッとしたのがわかった。

「そっか。確かに、手作りは感じが違うね」

と、お兄ちゃんは純粋に興味を持ったようで、ママのお重の中にある既製品の黒豆と、私の作ってきたそれを見比べた。

「この錦玉子は、昔、お義母《かあ》さんが作ってくれたのと似てるな」

パパも私の錦玉子を見て言っている。

「よくわからないけど」

と、クールな表情にもどっているママは、箸を置いた。

「あとから、楽しみに食べようと思ってたのよ」

そう言い訳して、小鉢に手をのばすと、

「じゃ、いただくわ」

私の黒豆を木のスプーンですくって皿に取った。男たちも、司令官の後に続く兵士のように、私の黒豆を皿に取った。そして、艶々《つや》に煮上がっている漆黒の黒豆を箸でつまんで、三人はそれぞれに口に運んだ。

「おっ！」

と、最初に感想を声にしてしまったのはパパだった。お兄ちゃんも、ちょっと驚いている表情だ。

「へー、豆は小さいけど、うまいね。なんだろ、この爽《さわ》やか味は？　甘ったるくない、なんか黒ビールみたいな味」

ママはなにも言わず、吟味するように味わっている。その表情からは、なにを思っているかわからないが、また一つ箸《はし》でつまんで、艶々としている小さなそれを観察している。

「釘《くぎ》とか重曹入れないで、こんなにきれいにできるんだよ」

と教えると、ママはちょっと驚いたような顔でこちらを見た。

「錦《にしき》玉子も、うまいぞ！」

パパが知らぬまにそれを食べていたようで、黄身の部分を指した。

「買ってきたやつよりフワフワで」

お兄ちゃんも、それをひとくちで食べて、ホントだ、うまいね、とうなずいている。

ママも、錦玉子を箸で小さく切って口に運んだ。

「でも、おれは黒豆の方が、好きかな」

お兄ちゃんは、早くも黒豆をおかわりしている。好評と言ってもいい反応だ。確認するように、私は二人に聞いた。

「本当に、おいしい？」

パパとお兄ちゃんはうなずいた。

「すごく、おいしいよ！　渚ちゃん、どっちも」

「うまいよ。この黒豆はクセになる」

褒められて、ホッとして肩の力が抜けた。試作からがんばって作ってきてよかった。

でも、勝負が決まるのはこれからだ。私は、本丸であるママの方を見た。

ママが作れないものを作って、どーだ！返しをしてやった。この挑戦にママはどう返すか？　ママが「おいしい」と言えば、「参りました」ということで、私の勝ちだ。

私はママの言葉をじっと待った。

ママは錦玉子を食べ終えると、静かに箸を置いた。そして、口を開いた。

「すごく、上手にできてる。黒豆は驚くぐらいふっくら煮えてるし、シワもよってない」

さすが、黒豆の煮方で難しいところを、ちゃんとおさえて評価してくれている。

「錦玉子は、黄身の味がいいわ。いい玉子を、ちゃんと使ってる。甘さもちょうどいい」

褒めてはいるけれど、問題は、その言葉が出るかだ。私はママを見つめて、ジャッジを待った。ママは、ちょっと間を置いてから言った。

「来年から、黒豆と錦玉子は、渚ちゃんにまかせるわ」

そして、もう一つ黒豆を、大切なもののようにそっと箸でつまんで食べた。

「とっても……おいしい」

その表情は穏やかで、疑問や、悔しさ、嘘も、なにも感じられなかった。上手にできた自分の料理を、おいしい、と言っているかのように、ママは黒豆を食べている。

やった……。

私は心の中でガッツポーズをして、椅子の背にぐったりともたれた。ママの表情を見て、相手が負けを認めたと、言わずともわかった。

約束どおり、私は食べかけの、煮しめのゴボウを頬張った。そして感想を伝えた。

「ママの煮しめも、おいしい。でも、パパのために、これからも薄味にしてあげて」

キッチンで、持って帰るママの料理を、私はせっせとプラスチック容器に詰めていている。お兄ちゃんは食い過ぎたと、ソファーで寝ているが、それでも料理は山ほど残った。

「あった、あった」

どこかに消えていたママが、箱を抱えてもどってきた。それを開けると、いただきものだという新品のココットが出てきた。

「うちには小さすぎるから、使わなかったんだけど。渚ちゃん一人ならちょうどいいんじゃない？」

黄色のお鍋《なべ》を一目見て、私は魅了された。

「玉子色だ！　カワイイ！　もらう、もらう！」

ママは、これを使えば火の通りがいいから、黒豆ももう少し早く煮えるわよ、とそれを箱にもどした。

「ポットマジックは、ネットオークションに出すかな」

「一度使ってみたかったから、うちに持ってきていいわよ」

とママは笑った。そして私の黒豆が入っている小鉢にラップをかけながら言った。

「来年は、一緒におせちを作りましょう。栗きんとんやごまめの作り方も教えるわ。黒豆と錦玉子はあなたにまかせて。完璧《かんぺき》なおせちができるわね」

私はちょっと黙っていたが、ママに返した。

「それは、興味ないからいい」

　ママは驚いたようにこちらを見た。

「完璧なものにも、おせちにも、興味はない」

　私は、今はフタが閉じてある重箱を見つめた。

「黒豆はおいしいから、お正月でなくてもこれから作るけど。豪華なおせちを作ることは、私には向いてないと思う」

　言いたかったことが自然と口から出ていた。

「一つのことに、ひたすら向き合うのが、私は向いてる。黒豆を煮るだけで、せいいっぱい。だから、ママみたいに色々はできない。鍋のフタを開けないで、次へ次へと、前だけ向いて、生きていくことは、私にはできない」

　ママは作業の手を止めて、じっと私を見ている。

「だから、おせちは作れないし、完璧も目指さない。キャリアアップするより、仲良くなった支店局の人たちのために、私ができることはないか、今の会社で探し続けたいと思ってる」

　ママは、小さくうなずいた。

　理解したことを示されて、私は驚いた。ようやく私の気持ちが伝わった？　信じられなかった。涙が溢《あふ》れてきそうになるのをこらえながら、私は続けた。

「よかったら、ママも、たまには鍋のフタを開けてみて。私という娘のフタを開けて、見たくなくても、どういう人間か中をしっかり見てほしい」

ママは今度は、もっと大きくうなずいた。

「わかった」

はっきりとした声で、そう返した。その声は人間の声だった。もちろん私は、ママがＡＩなんかじゃないことは、生まれたときから知っている。宿敵だけど……たった一人の私のママだから。

ママは、ラップをかけた黒豆を大切そうに冷蔵庫に納めると言った。

「あなたは、私より、料理が上手になるわ。きっと」


カーン！

放物線を描いて、ボールは河原の方へと飛んでいった。間違いなくホームランだ。両手を挙げて、嬉《うれ》しそうに内股《うちまた》で塁をまわっているのは、菊池さんだ。

「やったー！　ホームラン！」

ベンチから立ち上がった私は、なんと称賛するべきか一瞬考えて、

「ビューティーホー、菊池ぃ！」

と叫んで、メガホンを振った。菊池さんはこちらを見て、投げキッスを送った。打

たれたピッチャーは、ちょっと複雑な顔をしている。私の隣で春山さんも、

「いいぞ！　打てるマネージャー、菊池ぃ！」

と、痛めていない方の手をふっている。配達中にコケて肩を打撲したとかで、今日はベンチ入りだそうだ。しかたなく、代わりに菊池さんが今日だけ選手に復帰したようだ。

「マネージャーにするのは、苦渋の決断だったでしょうね」

ホームベースを軽やかに踏む彼女を見て、私は春山さんに言った。

「わかってくれる？」

と彼は笑った。

私たちはベンチに帰ってきた菊池さんと、ハイタッチした。

「今日の勝利は決まったね！　私がいるからだけど」

自信ありげに菊池さんは乱れた髪をなおしている。そして次に打席に入ったよっちゃんに、

「じゃんじゃん打って、早いとこ終わらすわよ！」

と檄《げき》を飛ばした。彼女は私の方を見ると、

「あなたも、ママに勝ったんだって？」

と笑顔で聞いてきた。私は、大きくうなずいて返した。

「ようやく、一勝しました！　闘いは、続くと思うけど」

「そうね。続くけど、がんばろう」

彼女は手をあげて、もう一度、私とハイタッチした。

「その勝利した黒豆、おれもちょっと食べてみたいな」

と言う春山さんに、私は持ってきた紙袋を指した。

「アドバイスしてくれた御礼に、みなさんに持ってきました。黒豆と錦《にしき》玉子、食べてください」

腹へったから、今食べる、と春山さんは、さっそく袋を開けてのぞいている。

「本当に皆さんには、感謝してます」

と頭を下げる私に、菊池さんは、グラウンドの方を見ながら、

「そうだ、私も、ソースちゃんに御礼を言わなきゃ」

と言って、報告した。

「先週、集配営業部の部長から、直で、私のところに電話があったのよ。もし復帰してくれるなら、局長室のよこにある物置を更衣室に使っていいからって」

私は驚いて、彼女を見た。菊池さんはあえてこちらを見ずにゲームを見ているふりをしている。

「なんでも、支店局長の同期が本社にいて。水野《みずの》さん……とか言ったかな？　その人

に脅されたんだって、局長が。会社も色々と変わっていく時機だから、対応を怠ってると噂になって、他の支店局と合併されちゃうよ、って」

「水澤さんです、たぶん」

私は信じられないような気持ちでその話を聞いていた。よこで春山さんも、口を開けて驚いている。

「そうだ、水澤さんだった。部長には、御礼を言って、少し考えさせてください、って言ってある。今働いてるところも、すぐには辞められないし」

菊池さんは私の方を向いて、うなずいた。

「とにかく、ありがとう。もどってきて、って言われただけで、自分でも驚くほど、晴れやかな気持ちになった。好きな職場だったから、嫌な過去として残したくなかったんだな、って」

私は感動で、すぐに言葉が出なかった。

「春っち」

菊池さんは、春山さんの方を見ると、

「余計なことを、とか言ったけど。春っちが正しかった。本当に、ありがとう」

深々と頭を下げた。

「やったじゃん」

春山さんは、めちゃくちゃ嬉しそうだ。

「やったじゃん、ソースちゃん！」

「はいっ！」

私と春山さんは、グータッチした。なにもできなかったけれど、なにかはできたみたいだ。

晴れ晴れとした表情の菊池さんは、パン、と両手を合わせると、

「ってことで、早く試合終わらせて、今日は飲むよ！　あと一点！」

と、メンバーに檄を飛ばしながらグラウンドへともどっていった。

「水澤さんって、誰なの？」

春山さんが、興味津々で私に聞いてきた。

「今回のことを、最初に相談した人です。でも、支店局長と知り合いだなんて、ちっとも知らなかった。社員数を考えると、すごい偶然ですよね」

ふーん、と春山さんはなにか考えているようだった。そして、菊池さんの作ったハチミツレモンに添えてある楊枝《ようじ》で、私の黒豆を食べ始めた。

「あのさ、ソースちゃん」

と言われて、私は黒豆に対するコメントだろうかと、身構えた。

「会社、作ろうと思うのよ。おれ」

すぐには意味がわからなくて、私は彼を見た。

「配達の会社をね。土地密着の小規模な会社。そこから始めようと思ってる」

私は、彼の目がまたキラリと光ったのを見逃さなかった。

「まだ先だけど、会社できたら、社員にならない？」

私は驚いて、口を半開きにしていた。

「というか、一緒に、会社を作らない？」

バーベキューに誘われたときと同じく、想像もしていなかった誘いに、私はただ目を大きくして、彼の言葉をくり返した。

「会社を作る？」

「冗談ではないよ」

と、私の表情を見て、春山さんは付け加えた。そして、グラウンドにいる菊池さんを指した。

「もちろん、あの人も雇うつもり。局にもどっても、引き抜く」

彼の口調からも、本気度が伝わってくる。

「ソースちゃんも、絶対、なんか持ってるから。本社から引き抜く」

その目は真剣だ。

「どう？　やる気ある？」

私はなんと返そうか戸惑った。今の会社でがんばっていくとママに宣言したばかりなんだけど、と思いながら、春山さんが食べている、自分が煮た黒豆を見た。売っているものよりは小粒で地味だけど、艶々《つやつや》としている黒豆を。数か月前までは、こんなものを自分が作れるなんて思いもしなかった。未来がどうなるかは、ホントわからない。私は笑顔になって、

「少し考えさせてください！」

春山さんに返した。

「またそれか」

彼も笑って、黒豆をパクッと口に入れた。

「おいしいなぁ、この黒豆」

もらいたかった感想に、ゲームセット！の声がかぶって、ハイタッツの勝利が決まった。

本書は書き下ろしです。

本作はフィクションであり、作中に同一の名称があった場合でも実在する人物・組織等とは一切関係ありません。

今日《きょう》からお料理《りょうり》はじめました

賀十《かとう》つばさ

令和6年 9月25日　初版発行

発行者●山下直久

発行●株式会社KADOKAWA
〒102-8177　東京都千代田区富士見2-13-3
電話　0570-002-301（ナビダイヤル）

角川文庫 24311

印刷所●株式会社暁印刷
製本所●本間製本株式会社

表紙画●和田三造

●お問い合わせ
https://www.kadokawa.co.jp/（「お問い合わせ」へお進みください）
※内容によっては、お答えできない場合があります。
※サポートは日本国内のみとさせていただきます。
※Japanese text only

ISBN 978-4-04-115381-9　C0193

◇◇◇

角川文庫発刊に際して

角　川　源　義

第二次世界大戦の敗北は、軍事力の敗北であった以上に、私たちの若い文化力の敗退であった。私たちの文化が戦争に対して如何に無力であり、単なるあだ花に過ぎなかったかを、私たちは身を以て体験し痛感した。西洋近代文化の摂取にとって、明治以後八十年の歳月は決して短かすぎたとは言えない。にもかかわらず、近代文化の伝統を確立し、自由な批判と柔軟な良識に富む文化層として自らを形成することに私たちは失敗して来た。そしてこれは、各層への文化の普及滲透を任務とする出版人の責任でもあった。

一九四五年以来、私たちは再び振出しに戻り、第一歩から踏み出すことを余儀なくされた。これは大きな不幸ではあるが、反面、これまでの混沌・未熟・歪曲の中にあった我が国の文化に秩序と確たる基礎を齎らすためには絶好の機会でもある。角川書店は、このような祖国の文化的危機にあたり、微力をも顧みず再建の礎石たるべき抱負と決意とをもって出発したが、ここに創立以来の念願を果すべく角川文庫を発刊する。これまで刊行されたあらゆる全集叢書文庫類の長所と短所とを検討し、古今東西の不朽の典籍を、良心的編集のもとに、廉価に、そして書架にふさわしい美本として、多くのひとびとに提供しようとする。しかし私たちは徒らに百科全書的な知識のジレッタントを作ることを目的とせず、あくまで祖国の文化に秩序と再建への道を示し、この文庫を角川書店の栄ある事業として、今後永久に継続発展せしめ、学芸と教養との殿堂として大成せんことを期したい。多くの読書子の愛情ある忠言と支持とによって、この希望と抱負とを完遂せしめられんことを願う。

一九四九年五月三日

角川文庫ベストセラー

正義のセ ユウズウキカンチンで何が悪い！　阿川佐和子

東京下町の豆腐屋生まれの凜々子はまっすぐに育ち、やがて検事となる。法と情の間で揺れてしまう難事件、恋人とのすれ違い、同僚の不倫スキャンダル……山あり谷ありの日々にも負けない凜々子の成長物語。

ことことこーこ　阿川佐和子

離婚した香子が老父母の暮らす実家に戻ると、母・琴子に認知症の症状が表れていた。弟夫婦は頼りにならず、香子は新しく始めたフードコーディネーターの仕事と介護を両立させようと覚悟を決めるが……。

くらやみガールズトーク　朱野帰子

小さい頃から「女らしく」を押しつけられてきたすべての女性に。そもそも時短や子育てを求められるのはどうして女ばかり？　一気読み必至の〝あなたのための物語〟。戦う女性たちのくらやみを解放する応援歌。

君たちは今が世界《すべて》　朝比奈あすか

6年3組の調理実習中に起きた洗剤混入事件。犯人が名乗りでない中、担任の幾田先生はクラスを見回してこう告げた。「皆さんは、大した大人にはなれない」先生の残酷な言葉が、教室に波紋を呼んで……。

あひる　今村夏子

わが家にあひるがやってきた。名前は「のりたま」。近所の子供たちの人気者になるが、体調を崩し、動物病院に運ばれていってしまう。2週間後、帰ってきたのりたまはなぜか以前よりも小さくなっていて――。

角川文庫ベストセラー

父と私の桜尾通り商店街　今村夏子

店をたたむ決意をしたパン屋の父と私。残りの材料を使い切るまでの、最後の営業が予想外の評判を呼んでしまい——。日常から外れていく不穏とユーモア。今村ワールド全開の7篇を収めた必読短篇集。

落下する夕方　江國香織

別れた恋人の新しい恋人が、突然乗り込んできて、同居をはじめた。梨果にとって、いとおしいのは健悟なのに、彼は新しい恋人に会いにやってくる。新世代のスピリッツと空気感溢れる、リリカル・ストーリー。

泣かない子供　江國香織

子供から少女へ、少女から女へ……時を飛び越えて浮かんでは留まる遠近の記憶、あやふやに揺れる季節の中でも変わらぬ周囲へのまなざし。こだわりの時間を柔らかに、せつなく描いたエッセイ集。

ドミノ　恩田　陸

一億の契約書を待つ生保会社のオフィス。下剤を盛られた子役の麻里花。推理力を競い合う大学生。別れを画策する青年実業家。昼下がりの東京駅、見知らぬ者同士がすれ違うその一瞬、運命のドミノが倒れてゆく！

チョコレートコスモス　恩田　陸

無名劇団に現れた一人の少女。天性の勘で役を演じる飛鳥の才能は周囲を圧倒する。いっぽう若き女優響子は、とある舞台への出演を切望していた。開催された奇妙なオーディション、二つの才能がぶつかりあう！

角川文庫ベストセラー

愛がなんだ　角田光代

OLのテルコはマモちゃんにベタ惚れだ。彼から電話があれば仕事中に長電話、デートとなれば即退社。全てがマモちゃん最優先で会社もクビ寸前。濃密な筆致で綴られる、全力疾走片思い小説。

いきたくないのに出かけていく　角田光代

ずっといくのを避けていたインドでみつけた「書かれ続ける理由」、時間と場所だけを決めて友人と落ち合う香港のレストラン……通り一遍には答えられない旅をしてきた著者による書き下ろしあとがきも収録！

総選挙ホテル　桂　望実

社長としてやってきた変わり者の社会心理学者・元山が提案したのは、従業員総選挙！　斬新な人材シャッフルに加え管理職の選挙も敢行。様々な年代の働く男女の閉塞感を打ち破り、仕事の幸せを実感できる小説。

猫目荘《ねこのめそう》のまかないごはん　伽古屋圭市

まかない付きが魅力の古びた下宿屋「猫目荘」。再就職も婚活もうまくいかず焦る伊緒は、様々な住人たちと出会い、旬の食材を使ったごはんを食べるうち、〝居場所〟を見つけていく。おいしくて心温まる物語。

賞味期限のある恋だけど　喜多嶋　隆

NYのバーで、ピアニストの絵未が出会ったのは、脚本家志望の青年。夢を追う彼の不器用な姿に彼女は惹かれていくが、彼には妻がいた……恋を失っても、前を向き凛として歩く女性たちを描く中篇集。

角川文庫ベストセラー

肉小説集　坂木　司

凡庸を嫌い、「上品」を好むデザイナーの僕。正反対な婚約者には、さらに強烈な父親がいて――。(「アメリカ人の王様」)不器用でままならない人生の瞬間を、肉の部位とそれぞれの料理で彩った短篇集。

ビストロ三軒亭の謎めく晩餐　斎藤千輪

三軒茶屋にある小さなビストロ。名探偵ポアロ好きのシェフが来る人の望み通りの料理を作る。新米ギャルソンの神坂隆一は、謎めいた奇妙な女性客を担当することになり……美味しくて癒やされるグルメミステリ。

B級恋愛グルメのすすめ　島本理生

自身や周囲の驚きの恋愛エピソード、思わず頷く男女間のギャップ考察、ラーメンや日本酒への愛、同じ相手との再婚式レポート……出産時のエピソードを文庫書き下ろし。解説は、夫の小説家・佐藤友哉。

生まれる森　島本理生

失恋で傷を負い、夏休みの間だけ一人暮らしを始めたわたし。再会した高校時代の友達や彼女の家族と触れ合いながら、わたしの心は次第に癒やされていく。少女時代の終わりを瑞々しい感性で描く記念碑的作品。

作ってあげたい小江戸ごはん　たぬき食堂、はじめました！　高橋由太

川越の外れにある昔ながらの定食屋「たぬき食堂」。一見頼りない青年店主が作る〝小江戸ごはん〟は、食べた人の悩みを解決してくれると評判で……？　心も体もスッキリする、小江戸の定食屋さん物語。

角川文庫ベストセラー

丸の内で就職したら、幽霊物件担当でした。　竹村優希

就活中の大学生、澪は、財閥系不動産会社の最終面接で「落ちた」と確信。しかし部長の長崎から声をかけられ、「特殊部署」の適性審査を受けることに。入社した澪は、幽霊がらみの物件調査を任されて……。

めぐり逢いサンドイッチ　谷瑞恵

靭公園前にある『ピクニック・バスケット』は、笹子と蕗子の姉妹が営むサンドイッチ専門店。お店を訪れるのはちょっとした悩みを抱えた個性的なお客さんたち。読むと心がほっこり温まる、腹ペコ必至の物語！

語らいサンドイッチ　谷瑞恵

大阪でサンドイッチ店『ピクニック・バスケット』を営む仲良し姉妹・笹子と蕗子。笹子のつくるサンドイッチは、胸の内で大事にしている味に寄り添ってくれる。今日もお店には悩みを抱えた人がやって来て――。

眠りの庭　千早茜

白い肌、長い髪、そして細い身体。彼女に関わる男たちは、みないつのまにか魅了されていく。そしてやがて明らかになる彼女に隠された真実。2つの物語がひとつにつながったとき、衝撃の真実が浮かび上がる。

キッチン常夜灯　長月天音

街の路地裏で夜から朝にかけてオープンする〝キッチン常夜灯〟。寡黙なシェフが作る一皿は、一日の疲れた心をほぐして、明日への元気をくれる――がんばりすぎのあなたに贈る、共感と美味しさ溢れる物語。

角川文庫ベストセラー

育休刑事《デカ》　似鳥鶏

捜査一課の巡査部長、事件に遭遇しましたが育休中であります！　男性刑事として初めての1年間の育児休暇中、生後3ヶ月の息子を連れているのに、トラブル体質の姉のせいで今日も事件に巻き込まれ――!?

育休刑事《デカ》（諸事情により育休延長中）　似鳥鶏

捜査一課の巡査部長、事件に遭遇しましたが育休中であります！　男性刑事として捜査一課で初めての長期育児休業を延長中、1歳になる息子の成長で手一杯なのに、今日も事件は待ってくれない!?

星をつける女　原宏一

世界的な「食の格付け本」の元格付け人、牧村紗英。独立し会社を興した彼女は、先輩で相棒の真山幸太郎と、人気店の調査と格付けをする仕事をはじめ……雑誌掲載時から話題騒然のニューヒロイン！

さいはての彼女　原田マハ

脇目もふらず猛烈に働き続けてきた女性経営者が恋にも仕事にも疲れて旅に出た。だが、信頼していた秘書が手配したチケットは行き先違いで――？　女性と旅と再生をテーマにした、爽やかに泣ける短篇集。

ギリギリ　原田ひ香

脚本家の卵である健児は、同窓会で夫と死別したばかりの瞳と再会し、彼女のマンションに居候する形で再婚。前夫の不倫相手や母親など、大切な人を失った彼らが織りなす奇妙な人間関係の行方は？

角川文庫ベストセラー

日本のヤバい女の子
覚醒編

著・イラスト／はらだ有彩

「昔々、マジで信じられないことがあったんだけど聞いてくれる?」 昔話という決められたストーリーを生きる女子の声に耳を傾け、慰め合い、不条理にはキレる。エッセイ界の新星による、現代のサバイバル本!

日本のヤバい女の子
抵抗編

著・イラスト／はらだ有彩

年を取ったから／体型が標準じゃないから／趣味が変わってるから……様々な形で否定される理不尽に昔話の女子はどう抵抗したのか? 新鋭エッセイストはらだ有彩の代表作『日本のヤバい女の子』続編が文庫化!

谷根千ミステリ散歩
中途半端な逆さま問題

東川篤哉

下町風情漂う東京・谷中にある、鰯専門の居酒屋。看板娘(?)のつみれの下に謎めいた相談が持ち込まれる。困り果てて頼った開運グッズ店の竹田津は散歩ばかりしながらも、鮮やかに謎を解き明かす!

ののはな通信

三浦しをん

ののとはな。横浜の高校に通う2人の少女は、性格が正反対の親友同士。しかし、ののははなに友達以上の気持ちを抱いていた。幼い恋から始まる物語は、やがて大人となった2人の人生へと繋がって……。

校閲ガール

宮木あや子

ファッション誌編集者を目指す河野悦子が配属されたのは校閲部。担当する原稿や周囲ではたびたび、ちょっとした事件が巻き起こり……読んでスッキリ、元気になる! 最強のワーキングガールズエンタメ。

角川文庫ベストセラー

CAボーイ　宮木あや子

敏腕ホテルマンとして働いていた高橋治真は、あるきっかけでCAへの転職を決意する。その裏には、彼が長年胸に秘めていた夢と、秘密があった。『校閲ガール』の著者が贈る、極上の航空お仕事小説！

欲と収納　群ようこ

欲に流されれば、物あふれる。とかく収納はままならない。母の大量の着物、捨てられないテーブルの脚に、すぐ落下するスポンジ入れ。家の中には「収まらない」ものばかり。整理整頓エッセイ。

老いと収納　群ようこ

マンションの修繕に伴い、不要品の整理を決めた。壊れた物干しやラジカセ、重すぎる掃除機。物のない暮らしには憧れる。でも「あったら便利」もやめられない。老いに向かう整理の日々を綴るエッセイ集！

老いとお金　群ようこ

お金は貯めるより使ってきた群さん。同世代がリタイアする歳を迎えた今、まだまだ現役で働きながら、老後も気になってきた。年金、医療費、実家の相続など、山積の問題さあどうする？　役立つ実録エッセイ！

株式会社シェフ工房
企画開発室　森崎　緩

憧れのキッチン用品メーカーに就職した新津。製品知識のない営業マンや天才発明家の先輩、手厳しい製造担当など一癖あるメンバーに囲まれながら悪戦苦闘。便利グッズを使ったレシピ満載の絶品グルメ×お仕事小説！

角川文庫ベストセラー

ショートショートドロップス

新井素子・上田早夕里・恩田陸・図子慧・高野史緒・辻村深月・新津きよみ・萩尾望都・堀真潮・松崎有理・三浦しをん・皆川博子・宮部みゆき・村田沙耶香・矢崎存美　編／新井素子

いろんなお話が詰まった、色とりどりの、ドロップの缶詰。可愛い話、こわい話に美味しい話。女性作家によるショートショート15編を収録。

本をめぐる物語　一冊の扉

中田永一、宮下奈都、原田マハ、小手鞠るい、朱野帰子、沢木まひろ、小路幸也、宮木あや子
編／ダ・ヴィンチ編集部

新しい扉を開くとき、そばにはきっと本がある。遺作の装幀を託された〝あなた〟、出版社の校閲部で働く女性などを描く、人気作家たちが紡ぐ「本の物語」。本の情報誌『ダ・ヴィンチ』が贈る新作小説全8編。

おいしい旅　想い出編

秋川滝美、大崎　梢、柴田よしき、新津きよみ、福田和代、光原百合、矢崎存美　編／アミの会

昔住んでいた街、懐かしい友人、大切な料理。温かな記憶をめぐる「想い出」の旅を描いた書き下ろし7作品を収録。読めば優しい気持ちに満たされる、実力派作家7名による文庫オリジナルアンソロジー。

おいしい旅　初めて編

近藤史恵、坂木　司、篠田真由美、図子　慧、永嶋恵美、松尾由美、松村比呂美　編／アミの会

訪れたことのない場所、見たことのない景色、その土地ならではの絶品グルメ。様々な「初めて」の旅を描いた7作品を収録。読めば思わず出かけたくなる、実力派作家7名による文庫オリジナルアンソロジー。

おいしい旅　しあわせ編

大崎　梢、近藤史恵、篠田真由美、柴田よしき、新津きよみ、松村比呂美、三上　延　編／アミの会

まだ知らない、心ときめく景色や極上グルメとの出会い。旅先での様々な「しあわせ」がたっぷり詰まった書き下ろし7作品を収録。読めば幸福感に満たされる、豪華執筆陣によるオリジナルアンソロジー第3弾！